D+

dear+ novel

majo no deshi to magan no ou no hatsukoi ・・・・・・・・・・・・・・・・・・・・・・

魔女の弟子と魔眼の王の初恋

名倉和希

新書館ディアプラス文庫

魔女の弟子と魔眼の王の初恋

contents

魔女の弟子と魔眼の王の初恋 ……………… 005

王は癒しの寵妃を溺愛する ……………… 129

あとがき ……………… 250

illustration：サマミヤアカザ

魔女の弟子と
魔眼の王の
初恋

乾いた夏が終わり、大国カルヴァートの王都クロトーに短い秋が来た。秋は駆け足で過ぎ、やがて冬が訪れる。その冬のまえに、王家主催の式典が予定されていた。

執務室の窓から、国王サディアス・カルヴァートは青く晴れ渡った空を見上げる。鳶《とんび》だろうか、一羽の鳥が空を飛んでいた。

かつて、鳥の自由さを羨《うらや》んだ時期があった。

四十歳を過ぎてからやっとさずかった王子に父王は過保護で、子供時代、許された自由は王城の庭を散策することだけだった。

そして結婚を急《せ》かされ続けた十代後半から二十代。

政略結婚はしたくないという、王太子としては許されるはずがないわがままを、甘い父王は受け入れてくれた。すでに嫁《とつ》いでいた三人の姉たちが、それぞれ子宝に恵まれていたこともあっただろう。

心の支えとなる伴侶《はんりょ》がほしくないわけではないが、血筋と利害関係から選出される王太子妃候補に愛情を抱《いだ》けるとは思えなかった。

結婚相手は自分で見つけたい。制約が厳《きび》しい王城生活の中で、サディアスが唯一、見出《みいだ》した自由がそれだった。

その結果、今年三十歳になったというのにサディアスは未婚のままだ。

二年前、父王が亡くなった。長く患《わずら》った末のことだったため、サディアスはすでに国王代理として政務に携《たずさ》わっていた。

周囲に望まれて、一切の憂《うれ》いもなく、サディアスは即位した。

カルヴァート王国は政情が安定しており、ここ数年、天候不順もなく豊作が続いていて、食《しょく》糧《りょう》不足の心配はない。

サディアスが十七歳で成人し、国軍を率《ひき》いるようになってからは、周辺国との諍《いさか》いに負けたこともなかった。大きな戦《いくさ》に発展させず、初期の段階でサディアスが圧倒的な武力を示すことによって小競り合いていどで済むのだ。

その後の停戦の話し合いでも、サディアスは巧《たく》みな話術で相手国を諫《いさ》め、そして宥《なだ》め、和平協定にまで持っていくことができる交渉《こうしょう》上手《ず》でもあった。

そのたぐいまれな手腕は、即位する前から国民の圧倒的な支持を得ている。

端《はた》から見れば、後顧《こうこ》の憂いなどない三十歳の青年王だろう。

けれど両親はすでに亡く、姉たちは嫁ぎ、重鎮たちが勝手に入れた後宮の美姫たちにはいっさい興味を抱けない王は孤独だった。

そんなサディアスを唯一癒《いや》すことができる者がいる。その存在に、二年ぶりに会えるかもしれない――。

「招待状は、たしかに届けたのだな?」

振り返り、サディアスは側近のブロウ・ウィルソンを見た。五つ年上の痩身《そうしん》の男は、「はい」

と頷く。

「陛下の在位二周年式典の招待状をマグボンラオール村へ届けた使者は、今朝方《けさがた》、予定通りに戻ってきました。たしかに村長に手渡したと報告を受けております」

そうか、とサディアスは微笑《ほほえ》んだ。

「ブロウ、あの村から、はたしてだれが来るかな？　私はエーリスだと思う。十ギル賭《か》けてもいい」

「私もエーリス・セルウィンだと思うので、賭けは成立しませんね」

しれっと返してくるブロウに、サディアスは眇《すが》めた目を向ける。

「面白《おもしろ》くない奴《ヤツ》だな」

「面白くなくて結構です」

ふん、とサディアスは顔を背《そむ》け、視線のさきにあった鏡にふと目を留めた。

壁にかけられた金縁《きんぶち》の鏡は、身だしなみを整えるための実用的なものだ。あまり癖《くせ》のないさらりとした金髪を、耳と額を覆《おお》うていどに伸ばした男がうつっている。

そして右目は青色、左目は金色。左右の瞳の色が違うのは、母方の血筋にいわれがあった。てのひらで左目を覆ってみる。サディアスの場合、右目で見る世界と左目で見る世界はちがっていた。

それを知っているのは、亡くなった母と側近のブロウだけ。

「陛下、もしかしてエーリスに会うことに躊躇《ためら》いを感じていらっしゃいますか」

「……おまえにはなにも隠せないな。もしかして私とおなじような能力があるのか？」

「そんな特殊能力がないのはご存じのはずです。私が陛下の心情を察することができるのは、もうおそばに仕《つか》えて二十年になるからです」

「そうか。そんなになるか」

「なりますね」

サディアスはひとつ息をつき、憂いを言葉にした。

「エーリスと最後に会ったのは二年前だ。あの子は――いや、いまはもうあの子とは呼べない年になっているか。つい先日十七歳になり、成人しているはずだ。十代の二年は長い。大人になって、きっと変わっただろう。私が愛《いと》しいと思い、ブローチを贈った子とは別人になっているかもしれない……」

「陛下、いまさら招待状の取り消しはできません。腹を括《くく》ってください」

「そうだな。とにかく、会ってみなければわからない……」

人は環境や成長によって変わる。それを赤の他人が責めることはできない。

いまのエーリスを知りたくない、という気持ちはあったが、それよりも会いたいという思いが強い。だから、異例ともいえる招待状を送ったのだ。

「式典は一ヵ月後か」

「そうです。一ヵ月後です」

サディアスはもう一度、窓から青い空を見上げた。

◇

エーリスは家の戸締まりをすると、村の墓地へ向かった。冷たい晩秋の風が吹く朝、墓地に人気《ひとけ》はない。

並ぶ墓標を素通《すどお》りし、村を囲む森の中に入った。目印は、一抱《ひとかか》えほどの石。木々のあいだ、わずかに土が盛り上がっている場所で立ち止まり、エーリスは地面に膝をついた。

「ジラ、僕はいまから王都へ行きます」

捨て子のエーリスを育ててくれた、村の最後の魔女が、ここに眠っている。村の功労者だったのに、その死を隠すため、森の中に埋葬《まいそう》された。

「あなたに会いにこられるのは、これが最後かもしれません」

エーリスは死を覚悟して王都へ向かうのだ。

ローブの隠しからブローチを取り出し、じっと見つめる。

小鳥の形に彫られた、翡翠《ひすい》のブローチ。美しい緑色と加工技術の素晴らしさから、おそらくかなり高価な装飾品と思われる。

これをエーリスに渡してくれた人は王都にいる。ずっと会いたいと思っていた人だ。こんなかたちで会いに行くことになるとは——。

「ジラ、僕を育ててくれてありがとう。さようなら」

エーリスは立ち上がった。村の出入り口で馬車が待っている。もう行かなければならない。

ローブのフードを被《かぶ》り、さらに鼻から下を覆う布を装着する。魔女の服装だ。

エーリスは男なので魔女とは名乗れないし、それほどの能力もない。しかしジラに育てられ、わずかばかり魔法が使えた。この村で魔法が使えるのは、もうエーリスのみになった。

布がずれないよう、ローブの内側から翡翠のブローチを着ける。だれもいない墓地を抜け、馬車まで早足で歩いた。

「おお、エーリス」

時間ぴったりに姿を現したエーリスに、白髪まじりの髭面《ひげづら》で恰幅《かっぷく》のいい村長があからさまにホッとした顔をする。土壇場《どたんば》でエーリスが逃げはしないかと危惧《きぐ》していたのだろう。

「エーリス、おまえに村のすべてがかかっているんだからな」

「わかっています」

「おやじ、それは言い過ぎだ」

横から口を出したのは村長の息子である副村長。エーリスを擁護《ようご》してくれている人だ。日に焼けた精悍《せいかん》な顔立ちに微笑みを浮かべ、「前にも言ったが、おまえだけに責任を押しつける気はないからな」と肩を優しく叩いてくれた。

「気をつけて行ってこい。何事もなければ、式典見物を楽しんでくればいい」

「何事もないなんて、そんな都合のいいことあるはずがない」

「おやじ、いいから黙ってろ」

にわかに親子が口喧嘩《くちげんか》をはじめる。いつものことなので、エーリスはそれを横目に馬車に近づく。

馬車の御者《ぎょしゃ》は腕っぷしが強いことが自慢の村人だった。村長派の男だ。エーリスの護衛と見張りを兼ねているのだろう。

「荷物は積みこんでおいたぞ」

「ありがとうございます」

座席後ろの荷物置き場に、わずかな着替えが入ったトランクと、鳥籠がひとつあった。緑色の小鳥がピピピ、と可愛《かわい》らしくさえずる。

「頼んだぞ」

村長が御者に声をかけたのが聞こえた。やがて馬車が動き出す。ガタゴトと揺られながら、エーリスは目を閉じた。

一年半前、最後の魔女が死んだ。

村一番の年寄りだったので、魔女ジラが正確に何歳だったのか、だれも知らない。平均寿命が六十歳から七十歳の中、おそらく百歳は超えていた。大往生だった。

直後、思ってもいなかった騒動が起こった。

ジラの死は隠した方がいい、と村長が言い出したからだ。

「そんなことは無理です。絶対に隠し通すことはできません。国王に知らせましょう」

反対したのは、魔女の最後の弟子だったエーリスと、副村長を中心とした青年たち。

「エーリスの言うとおりだ。隠したってすぐにバレる」

副村長は冷静に言い返したが、村長に迎合《げいごう》した村の年寄りたちは興奮していた。

「若造になにがわかる。俺たちに飢《う》えろと言うのか。ジラ様のおかげで王家から援助がもらえているんだぞ」

「バレないかもしれないじゃないか」

そうだそうだ、と拳《こぶし》を突き上げる年寄りたちに、エーリスは困惑した。

「でもジラは最期《さいご》に、自分の死は速《すみ》やかに国王へ届けるようにと言い遺《のこ》しました」

「ジラ様がそんな無責任なことを言うわけがない！」

ジラを看取《みと》ったのは同居しているエーリスだけだった。

「おまえがジラ様の十分の一でも魔力を持っていれば」

そんなふうに詰《なじ》られても、ないものはない。

魔女の力は主に女性に受け継がれる。血が薄まりすぎて、村にはもうジラの後継者になれる女性はいなかった。そもそもエーリスは捨て子で、村人の血を受け継いでいるかどうかもわからなかった。

結局、村長と年寄りたちに村人の半数以上が説得されてしまい、ジラの死を隠すことが決まってしまった。村の功労者であるはずなのに、ジラの遺体は村の墓地から離れた森の中にひっそりと埋められた。

墓標は一抱えほどの石だけ。なにも刻みこまれなかった。エーリスは毎日そこに通い、花を手向《たむ》けた。そして、自分の力不足を詫《わ》びた。

「ジラ、ちゃんとしたお墓を作れなくて、ごめんなさい」

頭を垂《た》れ、エーリスはローブの中で翡翠のブローチを握りしめる。

「ごめんなさい、サディアス様、ごめんなさい、騙《だま》して、嘘をついてごめんなさい……！」

このブローチを預けてくれたサディアスは、このカルヴァート王国の国王。

彼の美しく優しい笑顔を思い出すと、エーリスはジラの死を隠している罪悪感に押し潰《つぶ》されそうになる。

しかし、村長を筆頭に年寄りたちがジラの死を隠したがる理由は、エーリスもよくわかっていた。

エーリスたちが住むマグボンラオール村は、数百年前まで赤茶けた大地が広がるだけの、不毛の地だったという。人はもちろん、動植物も生きていけないような土地だった。

そこに、当時迫害を受けた魔女たちが家族とともに逃れ、住み着いた。魔女たちは魔力をつくして森をつくり、井戸を掘って水を湧かせ、人が住める場所にした。

なんとか田畑を耕《たがや》して作物を育てたが、もとは不毛の大地。思うように収穫は増えず、不作の年には飢えによって死者も出た。過酷《かこく》な生活の中で、魔女も幾人か命を落とした。

しかし二百年ほど前、カルヴァート王国から援助を受けることになった。正式な契約ではなく、王家との口約束だけで成り立つ、不思議な関係だ。その経緯《けいい》は伝わっていない。

王家はマグボンラオール村に不足分の食糧や生活物資を援助するかわりに、魔女たちの力を要求した。

村をつくった頃にくらべるとずいぶん数を減らしていた魔女たちだが、村のために王国の戦争に助言をしたり、天候を読んだり、王族の婚姻《こんいん》を占《うらな》ったり、豊富な薬草の知識を使って王族の病気を治療したりと働いた。

魔女の力は血によって、主に女性に受け継がれる。代を重ねるにつれ血は薄まっていき、力を持って生まれる女性は減っていった。

魔女がジラだけになったのは、二十年ほど前だという。それ以降は、半年に一度、天候を読み、王族の運勢を占い、それを文書にまとめたものを国王宛てに送るていどの仕事になった。

けれど王家からの報酬《ほうしゅう》に変わりがないのは、国王の温情にほかならない。前王ロデリックとジラは固い友情で結ばれていた。

そして最後の魔女ジラが天寿を全《まっと》うした。

それから一年半。

かつてジラがしていたように、半年に一度、エーリスは国王にあてて、天候予測と王族の運勢を占い、文書にまとめて送っている。

村長に懇願《こんがん》され、ときには強制されながらではあるが、嘘に加担しているのは事実だ。

多少の魔力が使えるといっても、エーリスのそれはジラの足下にも及ばない。占いの精度は著《いちじる》しく落ちていることだろう。

(いつまでも騙せるわけがない。当たらない占いなんて、そのうち不審に思われる。サディアス様は、きっと気付く)

王都から援助物資が届くたびに歓声をあげ、だましおおせていると楽観している村長と年寄りたちを横目に、副村長とエーリスは憂いを深くしていた。

「バレたらどうするのか、うちのバカおやじは考えているのかな」

副村長のため息まじりのぼやきに、エーリスはなんとも言えない。

浅慮《せんりょ》ではあるけれど、大恩ある愛すべき村人たち。彼らを見捨てることは、エーリスにはできなかった。

エーリスは魔女の家に住み続け、生前のジラがそうしていたように薬草畑を維持《いじ》し、村人たちの病気を診《み》たり持ちこまれる揉《も》め事《ごと》の仲裁をしたりした。

ある日、村長がエーリスのところに駆けこんできた。その手には、王国からの書状が握られている。

「エーリス、大変だ」

「なにごとですか?」

「国王から呼び出し状が届いた」

えっ、と驚愕《きょうがく》したエーリスに、村長が手紙を見せてくる。在位二周年式典に、魔女ジラを招待すると書かれていた。

「きっと招待にかこつけた呼び出しだ。この一年半の間、なんとかジラ様がいなくなったことをごまかしてきたが、とうとう不審に思われたにちがいない」

ふらりとよろけた村長は、そのまま膝をついてうずくまった。

これは招待の体裁を取った呼び出しではないか、という村長の解釈《かいしゃく》に、エーリスは異を唱《とな》えることができなかった。その可能性はおおいにあったからだ。

それから急遽《きゅうきょ》、村の役員が集められ、村長の家で会議が開かれた。

正式な招待状を無視することはできない。どうする。いまさら亡くなったと報告するか。どんな咎《とが》めがあるかわからないぞ——。

「だから一年半前に、隠さず国王に知らせていればよかったんだ!」

副村長が苛立《いらだ》ちまぎれに怒鳴ったが、誰も聞いていない。

村人たちは動揺し、冷静さを失い、いくら話し合っても建設的な意見は出ない。

「僕が王都へ行って、ジラの死を伝えてきます」

思い切ってエーリスが立候補したが、年寄りたちは「それはだめだ」と反対する。

「そんなことをしたら、どんな咎めを受けるかわからないぞ」

「国王陛下を騙したのだから、咎めを受けてもしかたがないと思います。でも、サディアス陛下は、非情な方ではありません。きっと僕たちの気持ちを理解してくださいます」

「いい加減なことを言うな」

年寄りの一人が顔を真っ赤にして喚《わめ》いた。

「国王がオレたちのような庶民の気持ちを理解できるわけがないだろう」

村人の中で、直接サディアスに会った経験があるのは、ジラ亡き後、エーリスだけだ。彼の人となりを話しても、年寄りたちは信用しなかった。

「もしかしてバレていないかもしれない」

「そうだ。これは純粋な招待状かもしれない」

年寄りたちは村長の心配を否定しはじめた。

「あんた、少しなら魔法を使えるよな?」

年寄りの一人がエーリスに聞いてきた。

「少しなら……」

「ジラ様に化けて式典に出席しろ」

とんでもないことを言い出した。副村長が、「おい、あんたなにを言っている」と顔色を変える。エーリスも耳を疑った。

しかし村長が「いい案だ」と詳《くわ》しい話を聞きたがった。

「僕にそんな高度な魔法を使う力はありません。せいぜい声を変えるていどです」

「声が変えられればじゅうぶんだ。魔女は頭からすっぽりとローブを被って姿を見せないのが通例だ。おまえは小柄《こがら》だし、成人した男だとは思われないだろう。それでこの一年半の占いのデキがよくなかったのは、老いのせいで体調が悪かったからだと詫びてこい」

安易で稚拙《ちせつ》な計画に、村長が「なるほど」と乗り気になる。年寄りたちはこぞって賛成し、あれよあれよという間に、場の雰囲気が決定へと傾いていった。

「名案だな。エーリスがジラ様に化けて行けばいい」

「噂《うわさ》では切れ者と評判の新国王だが、どうせ甘やかされて育った世間知らずだろ。簡単に騙されるんじゃないか」

「そうだそうだ」

「これで、この村も安泰だ」

現実逃避の表れなのか、すぐに楽観論に走る年寄りたちに、副村長が待ったをかける。

「おい本気で言っているのか。サディアス国王は本物の切れ者だというぞ。いままでは王都と村の距離があったおかげで騙せていたが、直接会ってしまえばバレるに決まっている」

エーリスも「僕の拙《つたな》い魔法で、国王陛下を騙しおおせるとは思えません」と反対した。

「サディアス陛下は聡《さと》い方です。僕ごときが騙せるお人ではありません。いい機会です、もうジラが亡くなったことを報告しましょう」

「そんなこと、できるわけがないだろう。一年半も報告せずにいたことを、咎められるに決まっている。そうしたら、いったいだれが責任を取るんだ？　村長か？　俺たちか？　最後の弟子のおまえか？」

年寄りに指を差されたエーリスは愕然《がくぜん》とした。ジラが死んだとき、隠蔽《いんぺい》するという意見に最後まで反対したのはエーリスなのに。

「大国カルヴァートを騙していたんだぞ。国王陛下の怒りがどれほどのものになるか、想像するだけで恐ろしいわ！」

年寄りが青くなると、村長も顔色を失う。

「それに、援助物資がなくなったら村はどうなる。二百年も頼ってきたんだぞ。いまさらあれなくして生きていけるのか？」

「だから俺たちは十年ほど前から羊の放牧をはじめているじゃないか」

副村長はいつかやってくる魔女のいない時代を見据《みす》え、荒れた地でも飼育できる種類の羊を飼い、毛を刈って現金に換えるという商売をはじめている。

「そんなもの、たいした金になっていないぞ」

「それはまだ規模がちいさいからだ。あんたたちがバカにして協力してくれないから。村全体で取り組めば、もっとたくさんの羊が飼える。そうすればもっと金になる。みんなでやろう」

副村長の呼びかけに、年寄りたちは顔を見合わせている。

学業よりも労働を尊《とうと》ぶ昔ながらの風潮から、読み書き計算が苦手な村人は多い。だから積極的に商売をする者が出てこないのだ。

その中でも副村長は果敢《かかん》に農業からの転換に挑み、何人かの若者といっしょに取り組んでいる。エーリスは羊毛の取引に必要な計算を手伝ったりして、彼らを応援していた。

「とりあえずは、この式典の招待をどうするかだ」

村長が話を戻し、沈痛な面持《おもも》ちでため息をついた。

「招待状の真意がわからない。いままでこうした行事に呼ばれたことなどなかった。なぜいまなのか」

それはエーリスにもわからない。ジラと前王ロデリックは友人だったが、それはあくまでも私的な関係であり、国の公式行事に招待されたことはなかった。

「まずはエーリスがジラ様を装って、王都に上がってくれないだろうか」

「僕が僕として行くのではなく、あくまでもジラに化けろということですか」

「まあ、そういうことになるな……」

村長は視線を逸《そ》らしてもごもごと言葉を濁《にご》す。

怖いのだろう。変化を恐れ、一年半もジラの死を隠し、占いの結果を三回もジラの名で国王に送ってしまった——。

「エーリス、いまこそ村に恩返しをしてくれないか」

村長は情に訴《うった》えてきた。

「捨て子だったおまえを育てたのはジラ様だが、受け入れたのは村だ。まだ乳飲み子だったおまえに乳を分け与えたのは、村の女たちだぞ」

そう言われてしまうと、エーリスはなにも言えなくなる。たしかに村には大恩がある。ジラの家で育ったが、幼い頃によく世話をしてくれたのは村の女たちだった。

「頼む、エーリス」

村長は深々と頭を下げてきた。

息子である副村長も、悲しそうにその光景を見ているだけで、もうなにも言わない。

結局、エーリスはジラを装って式典に出席することになった。魔法で声を変え、さらに右手だけ皺《しわ》だらけにする。

ジラは老齢に入ってから、杖《つえ》をついて歩いていた。杖を握る右手はローブから出る。魔法をかける必要があった。

そして連絡用に、エーリスは一羽の小鳥を連れていくことにした。

体が白く羽の先だけ茶色い小鳥を捕え、用意してもらった鳥籠に入れる。エーリスが唱えた長い呪文を浴び、小鳥は鮮やかな緑色になった。

つぶらな黒い瞳でじっとエーリスを見つめてくる小鳥は、まるで「私になにをしてもらいたいの？」とでも言いたげに首を傾《かし》げる。

「いいかい、おまえはもしものときに、王都から村へ飛んで、村人に危機を伝える役目だ。いざというときは、頼むよ」

ピピピ、と軽やかに鳴き、小鳥は返事をしたようだった。

エーリスがジラを装い国王を騙したことがバレてしまい、その咎がエーリスと村長だけでなく連帯責任で村人にまで及ぶとわかったときに、この小鳥を放すのだ。馬車で十日もかかる距離を、小鳥は一瞬で飛ぶことができるように魔法をかけた。

あの思慮《しりょ》深く優しいサディアスが、連帯責任を問うとは思えない。おそらく小鳥を使う事態にはならないだろうが、なんらかの連絡方法がないと年寄りたちが不安がった。

「村長、この小鳥が村に現れたら、お年寄りたちを連れて逃げてください」

「わかった」

村長は神妙な顔で頷く。彼自身は悪い人ではない。ただ老齢に入ってから、どうしても保守的になり、臆病《おくびょう》になっていた。

ジラは死ぬ前に、「村長はもう勇退して、息子にすべてを任せた方がいい」と言っていた。こういうことだったのだ。

そうして、式典の十二日前にエーリスは村を出発した。

王室が直接招待した客は、王城の東翼にある客室に寝泊まりすることになる。わざとぎりぎりの日程を組んだのは、滞在日数が長くなればなるほど、ボロが出てバレやすくなると考えたからだ。


エーリスは王都までの十日間、馬車の中で魔法を編んだ。

国王へ贈れるほどの高価な祝いの品など村にはないので、前夜祭で魔法の花火を上げることにしたのだ。その旨《むね》は、側近のブロウ宛ての書簡ですでに伝えてある。

(喜んでくださるといいけれど……)

ほんの一瞬でもサディアスの注意が引けて、きれいだな、と思ってくれればそれでいい。

サディアスに最後に会ったのは二年も前だ。前王のロデリックが亡くなり、ジラと王都まで弔問《ちょうもん》に行ったときだ。

二年のあいだに、彼は変わっただろうか。

エーリスに対しては、サディアスはいつも優しかった。

けれど国王という立場が、優しいだけでは務まらないことは、なんとなくわかる。外まで漏れ聞こえてこないだけで、心身ともに疲弊《ひへい》するようなことがたくさんあり、性格が変わってしまったかもしれない。

そもそも王太子時代は、国軍を率いて活躍していた人だ。勇気があり、戦略に長《た》けている、非凡な才能の持ち主なのだろう。平凡なエーリスには、彼の頭の中は想像もできない。

もし企《たくら》みがバレたとき、村の年寄りたちが恐れるように激怒し、みんなに刑罰《けいばつ》が与えられるかもしれない。

エーリス自身は、投獄されて二度と村に戻れないかもしれないという覚悟はしていた。ジラの墓に参り、別れもすませてきた。

罪を問われるとしても——サディアスに一目でも会えたらいい。もう会う機会はないと諦《あきら》めていたから、それだけでも嬉しかった。

逃げずにこんな役目を引き受けたのは、サディアスに会いたいという自分勝手な欲望があったのは否《いな》めない。

エーリスがはじめてサディアスに会ったのは、いまから三年前。前王ロデリックが病床に臥《ふ》したと聞いたジラが見舞ったとき、当時十四歳だったエーリスも従者のひとりとして王城へ上がった。

はじめての遠出、はじめての王都、そしてはじめての王城。エーリスにとって、なにもかもが目新しく驚きの連続だった。

なによりも、王太子サディアスとの邂逅《かいこう》は衝撃だった。

大国の次期国王という高貴な身分であり、国軍を率いて何度も戦果をあげている豪傑《ごうけつ》だと聞いていたのに、エーリスに気さくに話しかけてくれ、優しい笑顔を向けてくれた。

二十七歳になるサディアスはすらりと背が高く、さらりとした金髪が輝いている。目鼻立ちは整っており、女性的ではないのに美しいという形容がぴったりだった。

「エーリスというのか。ジラが名付けたのか？」

かたわらに立つジラにそう尋ねたサディアスは、「きれいな響きの名だ。よろしく、エーリス」と微笑んでくれた。

なによりも、その神秘的な瞳に、エーリスはとても惹《ひ》かれた。

サディアスはオッドアイの持ち主だった。左右の瞳の色がちがう。右は青で左は金。両方とも魅力的な輝きを放っていた。

王城に滞在していたのは半月ほどだった。

ジラがロデリックを見舞っている時間、エーリスはなにもすることがない。国王の寝室まで入る事を許されたのはジラだけだった。

そのときのエーリスは知らされていなかったが、ロデリックの病は魔法で治せない段階まで悪くなっていた。

ジラは長年の友人であるロデリックに、せめて安らかな死を迎えられるようにと、王家の医師と協力しあって病の苦しみを軽くする薬の調合をしていたらしい。

エーリス以外の従者たちは大人だったので、ジラが不在のあいだそれぞれ王城内で下働きの手伝いをしたり、余暇《よか》には王都見物を楽しんだりしていた。

時間をもてあましていたエーリスを見かねて、サディアスがお茶に誘い居室に入れてくれた。はじめて王太子の居室に入れてもらったとき、エーリスは緊張でがちがちになっていた。

「マグボンラオール村の人は、みんな黒髪で黒い瞳だというのは本当なのか？」

「本当です。魔女の血を引いているからだと言われています」

「君みたいに、濡れたように艶《つや》やかで美しい黒髪の人もたくさんいる？」

ただでさえ美貌《びぼう》の王太子と二人きりなのに、そんなふうに言われながら髪に触れられたら心臓が爆発してしまいそうになる。

「ぼ、僕よりもきれいな髪の人はいっぱいいます……」

「そうかな」

ふふふ、と笑うサディアスから、エーリスはもう目が離せなくなる。思えば、一目惚《ひとめぼ》れのようなものだったのだろう。エーリスは幼い恋心が芽生えたことに気付かないまま、じっとサディアスを見つめた。

あまりにも見つめ続けたからだろうか、サディアスの左目がときおり微妙に色を変えていることに気付いた。金色の瞳が、ちらちらと明滅《めいめつ》するように銀の光を放つのだ。

（かっこいい……すごい……）

胸がどきどきしてきて、エーリスはしだいに顔が赤くなっていくのをとめられなかった。

「どうした？」

ぼうっとしているエーリスをサディアスが気遣ってくれる。優しい声音に痺《しび》れてしまい、エーリスは首まで赤くなった。

「で、殿下が、あまりにも、その、お美しくて、かっこよくて、僕は、僕は……む、胸が苦しくなってきました――」

実際、エーリスは緊張と興奮と動揺のあまり呼吸することを忘れていたらしい。酸欠で朦朧《もうろう》としてしまい、椅子から転げ落ちそうになったところをサディアスに抱きとめられた。

大国の王太子に抱き上げられて長椅子に運ばれるという、とんでもない事態に慌てたが、サディアスは機嫌よく笑うばかりだった。

「容姿を褒《ほ》められるのはよくあることだが、目の前で倒れたのは君がはじめてだ」

水を飲みなさい、気分は悪くないか、とサディアスは介抱《かいほう》してくれた。

王太子の居室を侍従が出入りするたびに、サディアスの左目がまたチラチラと光る。懲《こ》りることなく見入ってしまいそうになるエーリスに、彼は「どうした？」と聞いてきた。

「殿下の左目がときどき不思議な感じに光るのはなぜですか？」

そのときは不敬な質問だとか魔女の弟子ごときが踏みこみすぎだとか、冷静に考えられなかった。思っていたことがするりと口から出てしまった。

サディアスはしばし黙ったあと、「よく気がついたな」とエーリスの黒髪を撫でた。

「殿下をじっと見ていたせいです。見過ぎてしまいましたか。すみません」

ハッと我に返って慌てて謝ったが、サディアスは気分を害した様子はなかった。それどころか悪戯《いたずら》っぽい笑みを浮かべ、エーリスの耳元に口を寄せる。

「これは私の重大な秘密なんだ。内緒にしていてくれるか？」

「秘密……」

「だれにも言わないでほしい」

二人だけの秘密。この輝くような王太子と自分だけの――。

カーッと全身の血が熱くなるほど高揚《こうよう》した。

「だれにも、言いません。絶対に言いません。殿下の秘密を、殺されたって言いません。誓います」

「……エーリスは可愛いな」

ふふふ、と笑いながらサディアスはエーリスの頬を撫でてくる。

「真っ赤だ」

楽しそうに笑うサディアスを、エーリスは瞬《まばた》きする間も惜しくて、またもやじっと見つめたのだった。

毎日呼ばれるお茶の時間を、エーリスは心待ちにしていた。サディアスは優しくて朗らかで、雑談のすべてがエーリスの宝物になった。

「父王はもう長くない。そう遠くない将来、私は王位を継がなければならないだろう」

ある日、サディアスが憂うつそうにこぼしたことがある。エーリスはなんと言って慰《なぐさ》めていいかわからなかった。サディアスに同感して助言できるのは、どこかの国の王太子だけだと思った。

「君のような子がいつもそばにいてくれたら、心が安まるのに」

そう言って、サディアスはエーリスの手を握った。剣技の鍛練《たんれん》を欠かしていないというサディアスのてのひらは、固かった。

王都を離れる日の前夜、エーリスはサディアスとの別れが辛《つら》くて一人泣いた。

この時、エーリスは恐れ多くもサディアスに恋をしたことを自覚した。

翌朝、泣き腫《は》らした目をしたエーリスを見て、ジラは苦笑いしただけだった。サディアスは王城の窓から見送ってくれた。

帰りの馬車の中でもめそめそと泣いているエーリスに、ジラは癒しの魔法をかけてくれたが、赤く腫れた目は治っても心の痛みは消えなかった。

サディアスにふたたび会うことができたのは、その一年後、国王ロデリックが亡くなったときだ。

マグボンラオール村とカルヴァート王家は、魔女代表が交代したとき、あるいは国王が崩御《ほうぎょ》し新国王が誕生したときに、直接会って話をし、今後の物資援助と魔力行使について話し合いをするという決まりをつくっていた。

ジラはサディアスと会談する必要があり、友人だったロデリックの弔問も兼ねて王都へ出かけた。エーリスはまた従者のひとりとして同行し、王城へ上がった。

「ひさしぶりだな、エーリス。すこし背が伸びたか」

そう気安く声をかけてくれたサディアスだったが、すでに国王の威厳《いげん》を身につけ、一年前よりもずっと輝きを増していた。正式な即位はまだでも、もうずいぶん前から国王としての執務を代行している。

一年のあいだ幼い恋心を大切に育てていたエーリスは、再会したときに感動のあまり自分は泣きそうになるのではないかと思っていた。

しかし、近寄りがたい雰囲気を感じて、べつの意味で泣きそうになった。

サディアスとは住む世界がちがうことを突きつけられたのだ。もともと雲の上の存在だったのに、優しくされて勘違いしていた。

でも好きな気持ちは膨《ふく》れあがりこそすれ、そう簡単には消えない。なにもわかっていないふりをして、無邪気な子供を装って、サディアスに懐けばいいのだろうか。

エーリスは心の中で葛藤《かっとう》した。まだ成人してはいないが、もう十五歳になった。いつまでも子供ではいられない。

挨拶《あいさつ》の場ではなにも言えず、エーリスはジラの後ろで頭を下げて黙っていた。

翌日、サディアスは多忙な中、一年前とおなじようにエーリスをお茶の時間に招待してくれた。

部屋の隅に護衛の騎士と侍従が控《ひか》えているとはいえ、実質二人きりの時間だ。手を伸ばせば届くほどの距離で見つめあえば、しだいに立場のちがいなど些末《さまつ》なことに思えてくる。

「私の秘密をだれにも言わないでいてくれたようだな」

ありがとう、と言われて胸が震えた。

「当然です、陛下」

「まだ私は殿下だよ。戴冠式《たいかんしき》は半年後だ」

サディアスの左目は、やはりときおり金色から銀色に変わる。

「この左目、気味が悪いとは思わないのか」

「どうしてですか？　とても不思議で、とても……きれいです」

本心だ。歓心を買おうとして口先だけでそう言っているわけではない。

サディアスは滲《にじ》むような微笑みを浮かべた。

「君は変わらないな」

「もう十五になりました」

「そうだな、一年前よりすこし背が伸びたし、頬の丸みがわずかに減ったような気がする」

サディアスがそう呟きながらエーリスの頬に触れた。いまも剣の鍛練を欠かしていないのだろう。一年前とおなじ、サディアスのてのひらの皮は厚くて固かった。

「君は素直でまっすぐな心根の持ち主だ。嘘は言わないし。そばにいて気が休まる」

ひとつ息をつき、サディアスはエーリスの手を握った。エーリスは剣など握ったことはないが、家事と畑仕事でいつも手は荒れている。しかし王都までの十日間の馬車旅でそうした雑事から解放され、いくぶん癒えた。

それでもサディアスには荒れているように見えたらしい。

「仕事をしている者の手だ。以前、ジラに育てられたと聞いたが、彼女はもう高齢だ。身の回りのことをいまは君がしているのか？」

「すべてではありませんけど、だいたいは僕がしています。あと、薬草畑の手入れも」

「そうか、偉《えら》いな」

「偉くなんか……僕はジラに感謝しているので、恩返しです」

読み書き計算だけでなく、薬草の知識と魔法を生み出す呪文もいくつか教えてもらった。ジラと長年暮らしたせいか、簡単な魔法が使えるのだ。すべての教育は、将来、エーリスがひとりでも生きていけるようにと、ジラが授けてくれた。

「ジラが好きなんだな」

「はい、大好きです」

「彼女から離れて暮らすことを、想像したことはないか？」

意外な質問に、エーリスはしばし考えこんだ。

ジラから離れるとは、どのくらい環境を変えるということだろうか。

村の者たちは、十七歳で成人するとだいたい結婚相手を探しはじめる。エーリスは結婚など考えたことがなく、ジラからもなにも言われていない。

「独《ひと》り立ちは、まだ早いと思っています。いまの生活に不満はないですし、もっともっとジラから学びたいことがあります」

「そうか、そうだな……」

サディアスは視線を落とし、なにかを逡巡《しゅんじゅん》しているようだ。

「王都の生活はどうだ。気に入らないか？」

「王都、ですか」

一年前と同様に、今回もエーリスは王都見物をする予定はない。賑やかな市場も劇場も、エーリスの興味をそそらない。

（本屋には行ってみたいかな。でも本って高いんだよね？）

年に一度、新年にジラから小遣いをもらっているが、村ではほとんど使う機会がないので貯まっていた。それを持参している。だが本の相場がいくらなのか知らなかった。

「王都に住めば、私ともっと頻繁《ひんぱん》に会えると考えたことはないのか」

あ、とエーリスは目を丸くする。その発想はなかった。

王都に住めば、もっと会える――。なんと魅惑的な言葉だろう。

「あの、頻繁というのは、どのくらいの頻度のことでしょうか。月に一度とか、十日に一度とかですか？」

尋ねる声が興奮に弾《はず》む。無意識のうちにサディアスの手をぎゅっと握り返していた。

「もっとだ。毎日だって会えるかもしれない」

「毎日……」

そんな夢のようなことが実現可能なのだとしたら、エーリスは幸せすぎて倒れてしまうかもしれない。

「ジラの許可があれば、王都に移り住んでくれるか？」

サディアスに手首をくすぐられながら聞かれ、エーリスは夢うつつで頷いた。

翌日、カルヴァート王国の新国王になる予定のサディアスとマグボンラオール村の魔女代表ジラの会談が行われた。

話し合いは滞《とどこお》りなくすすみ、今後もジラは半年に一度、魔法を駆使して天候と王族の運勢を占い、その見返りとしてサディアスはマグボンラオール村に物資援助を行うと約束してくれた。

その後、サディアスは人払いをし、ジラと二人きりで内密の話をしたらしい。客間で待機していたエーリスのもとに戻ってきたジラは、呆《あき》れた顔をしていた。

「おまえ、いったいなにを考えているんだい。村を出て王都に住むなんてこと、この私が許すと思っていたのか」

ジラは怒っていた。浮かれていた気持ちがみるみる萎《しぼ》んでいき、エーリスは項垂《うなだ》れる。

「そもそも、おまえは捨て子で身元が不確かだ。さらに育てたのは魔女である私。かつて魔女はその異能ゆえに忌《い》み嫌《きら》われ、差別の対象だったことを教えただろう」

ジラの説教は、どれもこれも正論だった。

「私たちと殿下は住む世界がちがうんだ。これ以上、親しくなってはいけない。辛い思いをするだけだ。おまえをそばに置くことで、殿下の迷惑になってもいけない」

ジラの言葉は、エーリスの胸に深々と刺さった。

自分の存在がサディアスの迷惑になるかもしれないなんて考えたこともなかった。そんなこと、望んではいない――。

「分不相応の高望みはしないにこしたことはない。私たちのような田舎《いなか》暮らしの平民は、よけいなことを考えずに、自然の中で淡々と生きていくのが一番なんだよ」

悲しくて涙がこぼれた。静かに涙するエーリスを、ジラは母のような祖母のような慈愛のこもった手で抱きしめてくれた。

数日の滞在後、エーリスはすべての用事を済ませたジラとともに、予定通り村へ帰ることになった。

その前日も、サディアスはお茶の時間に呼んでくれた。

「やあ、来たな」

窓辺で微笑むサディアスは、やはり輝いていた。いつもより寂しげな笑顔を、エーリスは目に焼きつけようと見つめる。

つぎはいつ会えるかわからない。よほどの用事がなければジラはもう村から出ないだろうし、エーリス一人では村から王都までの旅費が工面できない。

もしなんとか王都にたどり着けたとしても、ジラ抜きで王族に――ましてや国王となったサディアスに会うことは難しいだろう。

「明日、帰るそうだな」

「はい……」

悄然《しょうぜん》と肩を落とすエーリスに、サディアスはブローチを差し出した。美しい緑色の小鳥の形に彫られた石に、金具が取り付けられている。

「きれいな小鳥……」

「翡翠だ」

宝石の一種だということくらいしかエーリスにはわからない。

「これは一番上の姉が、私の十歳の誕生日に贈ってくれたものだ。姉は鉱物資源が豊富な隣国に嫁いだ。加工職人も多く、こうした宝飾品は多く出回っているらしい。その中でも、これは名のある細工師の手によるものだと聞いた。よくできている」

はい、と手渡されて、エーリスは反射的に受け取った。

ツヤツヤとした深い緑色は濁《にご》りがなく、小鳥の楽しげな表情まで彫りこまれた造形は愛らしい。

「かわいいです」

「気に入ったか」

サディアスは微笑み、エーリスの頭を撫でてきた。その手は頬まで下りてきて、顎《あご》を一撫でして離れていく。

サディアスに触れられるのは好きだ。今日限りでこういうこともなくなってしまうのかと思うと、とても寂しかった。

「姉は十歳の私にこう言った。『気を惹きたい女性ができたら、これを贈りなさい』とね。私はもう二十八歳だが、なかなかそういう女性は現れない。だから君に贈ろうと思う」

えっ、と顔を上げる。サディアスは真顔だった。冗談ではない証拠のように、エーリスの手からブローチを取り、ローブの内側の見えないところにつけてしまう。

「殿下、あの、僕は宝石の価値なんてわからない庶民ですけど、それでもこれがとても高価なものだということくらい想像がつきます。ダメです、僕なんかに――」

「エーリス、私が君に贈りたいんだ。使ってくれないか」

「そんな、恐れ多くて」

布の上からぎゅっとブローチを握りしめる。

「魔女は外で顔を晒《さら》さないようにローブを着用するのが慣わしなんだろう。ブローチで内側からしっかり留めればズレない。安心して歩けると思う。役に立つだろう」

「いえ、あの」

「もし盗品の疑いがかけられても身の潔白を証明できるよう、あとで一筆書こう」

「殿下、そういう問題ではなく」

「ではなにが問題？」

「お、落としたら大変なことに……」

「君にあげたのだから、そのあとに壊したりなくしたりしたとしても、私はなにも言うつもりはない」

たしかにサディアスはそういう気質がある。美徳といえるだろう。だがそれと、受け取るかどうかは別の問題だ。

「殿下の姉上様は、心惹かれた女性にと言われたんですよね。僕は男なので、まちがっています。よく顔だけは女子のようだとからかわれますが、れっきとした男です」

「だれにからかわれた？　村の男か？　けしからんな。そいつの氏名を言え」

「そこに引っかからないでください」

「エーリスが可愛いのは事実だが、私は女子のようだと思ったことはないぞ」

「……ありがとうございます……。あの、話が逸れています。殿下の姉上様のお気持ちを考えると、僕が受け取ってはいけないと思うのです。そうですよね？」

「いや、エーリスに贈るのが正しいと思う。言っておくが、一時の思いつきではないぞ」

勘違いしてしまいそうになる――と、エーリスは戸惑いと喜びで頭の中がぐちゃぐちゃしてきた。

サディアスの言い方だと、「心惹かれる女性」がエーリスだと受け取れてしまう。そのうえで、エーリスを女性のように思ったことはないと言う。女性の代わりとしてではなく、エーリスに好意を寄せてくれている、ということだろうか。

いやいや、そんなふうに受け止めてはいけない。自意識過剰《かじょう》だ。ジラに「魔女はいつも謙虚であれ」と教えられているのに、なにを考えているのか。

とにかくどう言ったら断れるのか悩んでいるエーリスの前で、サディアスはくすくすと笑った。

「君は本当に欲がない。このくらいのブローチ、受け取っておけばいいのに。新国王に贈られたと自慢できるし、金に困ったときには売ればいい値がつく」

そんなことは思いついてもいなかったエーリスは唖然とした。ハッと我に返り、「そんなことしません。するわけがないです」と慌ててサディアスに訴えた。

「殿下のブローチをそんなふうに扱えるわけがないです」

「そうだな、君はそんなことはしない。だから贈りたいと思ったのだ」

サディアスはエーリスを信用してくれているのだ。正直者と評価されるのは嬉しいが、エーリスは「欲がない」わけではない。

自分ではある意味、欲が深いのだと思っている。これから大国の王になるというサディアスに身分不相応な恋心を抱き、これからも親しく付き合っていきたいなどと願っているのだから――。けれどこの願いは叶《かな》わない。

今日が最後。サディアスと会えるのは、これが最後になるのだ。そう思うと涙がこぼれそうになってしまう。

ローブの上からブローチを握りしめたまま黙ってしまったエーリスに、「では、こうしよう」と、サディアスがひとつの提案をした。

「このブローチは君に貸し出す。いつか返しに来てくれないか」

「えっ……」

「再会するときまで、大切に持っていてくれたら、私は嬉しい」

「殿下……」

言い換えただけだと、鈍《にぶ》いエーリスにもわかる。「贈る」から「貸す」へ。ブローチはエーリスの胸につけられたままだ。

「エーリス」

サディアスがそっと抱きしめてきた。いまだけだと自分に言い訳しながら逞《たくま》しい腕に体をあずけ、エーリスはしばしそのぬくもりに浸《ひた》った。

「いつか、私に会いに来てくれ。待っている」

そう囁いて、サディアスはエーリスの額にくちづけてきた。

柔らかくて優しくて慈愛に満ちたその感触を、エーリスは生涯忘れないだろうと思った――。

「おい、もうすぐ王都だぞ」

御者台から声がかかり、エーリスは思い出の中から現実に帰った。

窓から顔を出すと、王都を囲む高い城壁が遠くに見えた。二年ぶりの王都クロトー。街道から王城はまだ見えない。

（サディアス様……僕、来ました）

ここにあの方はいる。けれど、エーリスはジラとして訪れたのだ。ブローチを返すことはできない。

二年間、大切にしてきたと言うこともできない。ジラが亡くなったことを一年半も隠してきたと、詫びることもできない。

もし企みがバレて罰を受けることになったときは、だれか信頼できる人にブローチを託《たく》そう、と思う。

本当は直接手渡したいが、罪人はきっと国王には会えない。

ピピピ、と籠の中の小鳥が軽やかに鳴いた。

元気そうだ。十日間の長旅を、小鳥は見事に乗り越えてくれた。覗きこむと、黒い瞳でエーリスを見つめてくる。この小鳥を使う日が来なければいいが。

エーリスは編みこんだ魔法の仕上げに取りかかった。

◇

「マグボンラオール村の魔女ジラが到着したと知らせがありました」

「来たか」

ブロウの報告に、サディアスは椅子から腰を浮かした。式典の招待客のほとんどは、すでに王都に入っている。明日は前夜祭という、ぎりぎりの到着だった。

「だれが来た？」

「魔女ジラが一人で」

サディアスはブロウをまじまじと見る。

「まさか。ジラは一年半前に亡くなったはずだ。だれかがジラに化けているということか」

「ジラと思われる人物は、魔女のローブを着た小柄な老婆だそうです。案内役の侍従が客室に通しました」

「顔は見たのか」

「見ていません。ですが声が老婆としか思えないような嗄《しゃが》れたもので、杖をついていた右手は皺だらけだったそうです」

ブロウは困惑しながらも伝え聞いたことを教えてくれる。

「マグボンラオール村にジラと背格好が似た老婆がいるかどうかまでは、調べていませんでした。私の落ち度です」

「反省は後にしろ。それで、その者は一人で来たんだな？　従者はいないのか」

「従者はいません。本当に一人です。馬車の御者は村人が担《にな》ったそうですが、ジラを下ろすと帰ってしまったそうです」

「帰りはどうするのだ」

「聞いていませんが、途中まで乗り合い馬車で行き、その先は金で雇うか、村に連絡して迎えに来てもらうしかないでしょう」

あきらかにおかしい。以前、ジラはエーリスと護衛役の剣士を含めて十人ほどの隊列を組み、王都へ上がってきた。この国は治安がいい方だが、旅人を襲う盗賊がまったくいないわけではないからだ。もちろん、そのとき乗ってきた馬車と御者はそのまま王都に留まった。

なぜ今回は一人なのか。疑ってくださいと言っているようなものだ。

サディアスが迷ったのは一瞬だ。

「会ってみよう」

「いえ、陛下、それは――」

「わかっている。あくまでも非公式だ」

ジラを装った老婆がだれなのか、すぐにでも確かめなければならない。

正体不明の人物を王城の客室に泊めるのは危険だし、エーリスがなぜ来なかったのか、どうしているのか聞きたかった。いちいち会談の手順を踏んでいられない。

サディアスはブロウを連れて執務室を出ると、王城の東翼部分へと足早に移動した。

王城は三つの区画に分かれており、中央部分は国王と官僚が国政を行う場所で、西翼は王族の住居、東翼が迎賓館《げいひんかん》だ。

マグボンラオール村からだれが来たとしても、客室の中でも特別な者を泊まらせる部屋をあてがうように命じてある。

まずブロウだけがその客室に入り、サディアスは隣接する隠し部屋に身を潜《ひそ》めた。

この部屋には、壁に施した飾りにまぎれた隠し穴がある。サディアスはそこに右目をあて、隣室を覗きこんだ。

「ジラ殿、おひさしぶりです。長旅ご苦労さまでした」

暗い色のローブを着て、杖をついている小柄な人物が見えた。フードを目深にかぶり、鼻も口も布で覆っている。目元は影になっていてはっきりしない。

杖を握る右手は聞いていたとおりに皺だらけで、老婆のものとしか思えなかった。

「お疲れでしょうから、今日はこのまま部屋でお休みください。明日の夜は予定通り式典の前夜祭が行われます。ジラ殿から提案された祝いの魔法花火のことですが――」

ブロウはとくに感情をこめず淡々と話をしている。不信感などまったく抱いていないように装っているのはさすがだ。

「ジラ殿、ひとつ聞いてもいいですか」

「なんだい？」

嗄れた声もジラに似ている。

「今回、従者を一人もお連れにならなかったのはなぜですか。エーリスもいないとは思いませんでした」

エーリスの名前に、皺深い右手がピクッと反応した。

「いままでは護衛も含めて十名ほどをお連れになったので、今回も同程度の規模だと思い宿泊先を用意していました。なぜお一人で来られたのですか。マグボンラオール村からは馬車で十日ほどかかります。さぞかし不便な思いをされたのでは？」

「今回の式典では数多くの来客が予定されていると聞いた。私のような者が何人も従者を引き連れてきては迷惑かと考えただけだ」

あらかじめ用意された言い訳なのだろうが、稚拙な説明だ。とうてい納得できるものではなかった。

招待客の人数くらい、こちらは過去の記録から試算して準備している。国賓級の招待客は迎賓館に迎え入れ、位の低い客たちは王都内の貴族の屋敷に分散して宿泊させる。その他の従者や護衛は民営の宿を押さえてあった。

国をあげての祝賀行事はなにもこれがはじめてではない。こうした行事にジラを招いたことがはじめてなだけだ。

ピピピ、と小鳥の鳴き声が聞こえ、サディアスは魔女の足下に鳥籠が置かれていることに気付いた。

（緑色の小鳥……？）

従者の一人もいないのに、鳥を連れてきたのか。こんなことははじめてだ。

（なにか意味があるのか？　しかも、あの色は……）

エーリスに渡した翡翠の小鳥のブローチを彷彿《ほうふつ》とさせる、色と姿だった。

サディアスは覗き穴にあてがっていた右目を、左目に代えた。小鳥の輪郭《りんかく》が二重に見える。

（あの鳥、魔法がかかっている）

どんな魔法かまではわからないが、ただの小鳥ではなくなんらかの目的があって連れてきたにちがいない。

マグボンラオール村に、まだ魔法を使える者が残っているということだ。

（ジラが最後の魔女ではなかったのか？　では、この人物がつぎの魔女なのか）

左目の視線をローブの魔女にあてる。思わず声を上げそうになり、サディアスはぐっと唇を噛んだ。

（エーリス……！）

ジラを装ったローブの魔女は、エーリスだった。サディアスの左目はフードの下に隠した素顔をとらえた。

（君だったのか、エーリス）

ジラ亡きあと、魔法を使うことができる人物は、エーリスだったのだ。サディアスはエーリスがジラの弟子だと知ってはいたが、魔力を持ち、それを行使できる技術があるとは知らなかった。

（自分自身に魔法をかけ、ジラとして来たのか。それも、たった一人で）

魔女のローブで頭からすっぽりと体を隠し、声と右手を変えれば、たしかにあるていどは騙すことができるだろう。しかし、本物のジラなのかどうか顔を確認したいと言われたらどうするつもりだったのか。顔に魔法をかけられるほどの力がエーリスになかったのだとしたら、これほど危険なことはない。

こうなると、なぜ従者の一人もいないのか理由が察せられる。サディアスは、腹の底から怒りの炎がメラメラと燃え上がってくるのを感じた。

（もしジラの死が露見《ろけん》して、身代わりが式典に出席したと知られたとき、エーリスだけに罪を被せるつもりか）

愚《おろ》かな村人たちへの激しい怒りを、なんとか理性で鎮《しず》め、サディアスは隠し部屋を出た。

「ジラ殿、久しいな」

突然、サディアスが入室したものだから、ローブの魔女がビクッと全身を震わせた。

「遠路はるばる、よく来てくれた」

目線を合わせるように少し屈《かが》んだが、ローブの魔女は俯いてさらに顔を隠すようにする。

サディアスは構わずに皺深い右手を取った。握っていた杖が離れ、床にカタンと乾いた音をたてて倒れる。その右手に、サディアスは挨拶のくちづけをした。

国王であるサディアスがこんな挨拶をするのは、位の高い貴婦人だけだ。王太子時代でもジラにこんなことはしていない。

ローブの魔女はそうとう動揺したのか、左目で見なくとも皺深い手の輪郭がぼやけた。魔法が解けてしまう。

哀《あわ》れな生《い》け贄《にえ》のエーリスをこの場で追い詰めるつもりはない。サディアスは杖を拾い、その手に握らせた。

「二年ぶりだな、ジラ」

「……はい」

嗄れた声までも震えている。

「息災だったか」

「……いえ、あまり体調はよくありませんでした。私ももう年で、気力体力だけでなく魔力も弱まってきました」

「それなのに招待に応じてくれたのか。ありがとう」

サディアスはローブの魔女に椅子をすすめながら、にこやかに話をした。

「いま魔力も弱まってきたと言ったが、どのていどのことなのだ?」

「陛下へ届けている占いの精度が落ちていると思われます。申し訳ありません」

「なるほど」

サディアスは鷹揚《おうよう》に頷き、ブロウと視線を合わせる。老化による魔力減退が、占いの精度が落ちた理由だと言いたいのだろう。

しかしサディアスは、ジラが一年半も前に亡くなったことを知っている。

大国を何百年も維持するのは、生半可な統治では不可能だ。なによりも重要なのは情報収集だと、代々王家に伝わっている。

サディアスは父王からその教えを受け、忠実に守っていた。国内外に情報網を敷き、あらゆる出来事を王都に集め、官僚にまとめさせ、ブロウが仕分けをし、かつ精査し、サディアスに伝わるようになっている。

ジラが老衰で亡くなったことも、早馬で三日後には知らせが届いていた。村長と年配者に説得された村人たちがジラの死を隠すことを決定し、占いを捏造《ねつぞう》したことも耳に入っている。その際、エーリスと副村長が抗ったことも――。

王国がそこまでしていることを、おそらくエーリスも村人たちも知らない。考えてもいないだろう。

「エーリスは元気か」

「はい、変わりなく元気です」

「彼はいくつになった？」

「十七歳になりました」

「そうか。二年前はまだ成人前だった。少しは大人になったのだろうか。連れてきてほしかったな。私は彼を気に入っているのだ」

「……あ、ありがとう、ございます。本人に伝えます」

ローブの下で細い指がぎゅっと握りしめられたのが見える。サディアスの左目には、エーリスの泣きそうになっている顔まで見えていた。

ピピピ、とまた小鳥が鳴いた。

「この小鳥はどうして連れてきたのだ?」

「……私が世話をしている小鳥なので」

「そうなのか。てっきりエーリスが飼っている小鳥なのかと思った。この鮮やかな緑色には親しみがある」

ハッとローブの魔女が息を飲む。

サディアスは左手の指を見せた。翡翠の指輪がはめてある。

「これとおなじ色の翡翠のブローチを、かつてエーリスに渡した。この小鳥とそっくりだ」

頭を覆うフードがカサカサと揺れる。

なんらかの小道具として用意した緑色の小鳥。おそらくエーリスは無意識のうちにブローチに似せてしまったのだろう。驚きが伝わってくる。

「ジラはエーリスに翡翠のブローチを見せてもらったことはあるか?」

「し、知りません……」

「そうか。大切にしてくれていると嬉しいのだがな」

サディアスがそう呟いた後、ローブの下で彼の手が胸元をまさぐった。そこにブローチがあるのだ。

（エーリス、いまここで、私にすべてを打ち明ける気にはならないか？）

サディアスは目の前に座る小柄な人物に向かって、心の中で呼びかけた。

もともと嘘をつけない性格のエーリスだ。ジラを装うことがどれほど罪深いかも理解しているだろう。

サディアスを騙しながら手を伸ばせば触れられるほど近くで対峙《たいじ》しているこの時間は、きっとひどく辛く苦しい。想像するだけでかわいそうだった。

いっそのことすべてを話してくれたら。

しかしそれも難しいと、サディアスはわかっていた。エーリスは捨て子だった自分を養ってくれたジラとマグボンラオール村に恩を感じていた。村人たちに集団で情に訴えられ、拒めなかったにちがいない。

サディアスにとって最悪なことに、エーリスはもしものときは命を賭《と》してでも村を庇うつもりかもしれないのだ――。

「陛下、そろそろ……」

ブロウに声をかけられて、サディアスは頷いた。思っていたより長居してしまっていた。

これから近隣諸国の代表たちと順番に会談が予定されている。さらに夜には親睦を目的とした食事会もあった。

サディアスが即位してからの二年間は、戦争をしていない。こまめな交流で王太子時代の戦果を忘れさせないようにしてきたし、こうした式典で国威《こくい》を見せつけてきたからだ。

「では、ジラ殿、また明日の前夜祭で」

サディアスがそう言うと、あきらかにホッと安堵した様子が伝わってくる。苦笑いしながら客室を出た。

執務室に戻る道すがら、ブロウが小声で尋ねてくる。

「どうでした？」

「あれはエーリスだ」

きっぱりと断言したサディアスに、ブロウが難しい顔になる。

「声と手はどういうからくりですか」

「さすが大魔女ジラの最後の弟子ということだろう。エーリスは多少なりとも魔法が使えるようだ」

「そうだったのですか」

「声と右手にだけ魔法をかけてあった。あと、あの小鳥にも」

「小鳥も、ですか？」

うむ、とサディアスは歩きながら考える。

「ブロウ、エーリスから目を離すな。なにかをしでかす恐れはないだろうが、このまま村へ帰すつもりはない」

「わかりました」

国の祝賀行事に便乗してエーリスを王都に呼び寄せることは成功したが、まさかこんなかたちになるとは。

エーリスにとっては辛い旅路だっただろう。

しかし、これでエーリスをマグボンラオール村から切り離すことに躊躇いがなくなった、とサディアスは思った。

◇

翌日は、朝から王城全体の空気感が浮《うわ》ついていた。前夜祭の準備のためか役人たちは忙しそうに歩き回り、東翼に部屋を与えられた招待客たちもそわそわと落ち着きがない。

エーリスは面倒事を避けたくて、夜までできるだけ部屋から出ないようにしようと決めていた。

早朝、一度だけ中庭に出て散策しようとしてみたら、魔女のローブに気付いたほかの客に話しかけられたのだ。声と右手にかけた魔法で正体がバレる恐れはないだろうが、エーリスは自分の演技力に自信がない。

早々に部屋へ戻り、客室の世話係には体調が優《すぐ》れないので、食事を運んでくる以外は出入りしないでくれと頼んだ。

窓から外を眺めて時間を潰《つぶ》すしかない。

眼下に広がる王都クロトーの整然とした街並みには、遠目でもわかるほどにたくさんの花が飾られている。王城の中もそうだ。廊下のいたるところに、一抱えもある大きな花瓶いっぱいに花がいけられていた。

もう秋も深い季節だというのに、どこからこれほどの量の花を集めてきたのだろうか。

南方の国から取り寄せたのだとしたら、さすが大国カルヴァートの経済力だと感心するし、この日のために特別な方法で栽培していたのなら、もっとすごい。

国の祝賀行事に参加するのははじめてなので、エーリスは豪華さに戸惑うばかりだ。

(サディアス様はきっとお忙しいのだろうな……)

それなのに昨日、わざわざ挨拶に来てくれた。

昨日のことを思い出すと、エーリスはどうしても気持ちが塞《ふさ》いでくる。

二年ぶりに会ったサディアスは国王としての威厳が増しており、そばに寄るだけで眩《まぶ》しいほどだった。

おそらく日々の鍛練を怠《おこた》っていないのだろう、肩や胸の筋肉が逞しくなっていた。理想的な男らしさに、エーリスはジラになりすましていることを忘れて見惚《みと》れてしまいそうになった。

エーリスとして再会できていたなら、どれほど幸せだっただろう。きちんと目を見て挨拶をして、この二年間の話をしたかった。そして翡翠のブローチ――。

エーリスはローブの胸元をぎゅっと握りしめる。固い感触を確かめると目を閉じた。

（サディアス様……）

二年前に預かったブローチはここにある。

ずっと心の支えになってくれていたと感謝の言葉を添えて、サディアスに返したい。けれど今回はそれができない。

エーリスは元気かと聞いてくれた。

連れてきてほしかった、私は彼を気に入っている――そう言ってもらえて、どれほど嬉しかったか！

「ごめんなさい……」

部屋に一人きりだとわかっていても、小声でしか謝罪できない。あんなに優しくて信頼してくれている人を騙している罪悪感に、エーリスは押し潰されそうだった。

ピピピ、と小鳥がさえずる。涙がにじんだ目を、鳥籠に向けた。小鳥がエーリスを見ている。どうしたの、とでも言いたげに。

エーリスは荷物の中から小鳥の餌《えさ》を出して、籠の中に入れた。小鳥はすぐに雑穀《ざっこく》をついばみはじめる。愛らしい様子に、エーリスは頬を緩めた。

（……無意識だったから、指摘されてびっくりしたな……）

この小鳥はエーリスに渡した翡翠のブローチにそっくりだとサディアスに言われたとき、思わず声を上げてしまいそうになった。

そう言われればそうだ。まったく意識していなかった。自分がどれほどブローチのことばかり日々考えているか、突きつけられたようなものだ。

エーリスはブローチを外し、ローブの中からそっと取り出す。だれも見ていないときにしかできない。翡翠の小鳥にくちづけて、昨日のサディアスを脳裏に思い浮かべた。

「一目だけでもお目にかかれて、嬉しかったです……」

明日の式典が終わったら、できるだけ早く帰ろう。エーリスは決意した。

昨日の様子だと、今回の招待は村の年寄りたちが危惧していたような意図はないように思う。高齢により占いの精度が落ちた、という言い訳にたいしてサディアスはとくに言及しなかった。責める言葉はひとつもなかったし、側近のブロウからもそうした空気は発せられていなかった。

本当にただの招待だったのなら、行事を見届けた時点でここに滞在する意味はなくなる。ボロが出ないうちに退散した方がいいだろう。

騙しおおせることができて、命が助かったと単純に喜ぶことはできない。いつジラの死をあきらかにするか、今後のことを真剣に村人たちと話し合わなければならない。このままでいいわけがなかった。

いつか、いつかエーリスとして王城に上がり、サディアスにブローチを返すことができたらいい――。

エーリスはそんなことを考えながら一日過ごし、日が暮れるころからはじまった前夜祭にジラとして参加した。

前夜祭は王城東翼一階の大広間を中心に行われる。立食形式の食事がふるまわれ、楽団が舞踏音楽を奏《かな》でる中、男女が入り乱れて踊るらしい。

エーリスは賑やかな大広間を避け、ブロウに指示されたとおりの時刻に中庭から魔法の花火を上げた。

矢のように夜空へと飛んでいった魔法の玉は全部で十個。馬車での移動中、一日一個を自分に課して編んだ。

パン、と上空で弾《はじ》けた玉は、大輪の花のように丸く光を散らし、ひとときだけ夜空を明るく彩《いろど》った。本物の花火よりも咲いている時間は長い。

つぎつぎと開いた魔法の玉を見上げ、エーリスはうまくいったことに安堵した。

これしきの魔法、ジラならば呪文ひとつでやってのける。能力のちがいは歴然としていて、いまさらながらため息をこぼした。

「きれいなものだな」

不意に背後から声が聞こえてきて、エーリスは飛び上がった。とっさに振り向いてしまいそうになるのをなんとか堪《こら》え、草を踏みしめる足音が近づいてくるのを待つしかない。

「魔法で作られた花火を見たのははじめてだ。ありがとう」

サディアスは柔らかな声音でそう言いながら、エーリスの左横に並び立つ。頭上ではまだ魔法の花火がきらきらと光っていた。

薄暗い中庭でサディアスと二人きりという状況をどうにかしたくてフードの下から周囲を探ってみるが、護衛の騎士はかなり距離を置いて立っているし、ブロウもいない。

「素晴らしい贈り物だ」

「……我々の村には、陛下の祝いごとに相応《ふさわ》しい特産品などありませんので、私の魔法でなにかできないかと考えました」

なにも言わないのはおかしいと思い、なんとか言葉を発した。

「今後の祝賀行事には、毎回この魔法の花火を上げてもらいたいと言ったら、困るか？」

えっ、と素に戻りそうになり、慌てて嗄れた声で答えた。

「私も年なので、いつまでできるかわかりませんが、陛下が望まれるなら、私はできるだけのことをしたいと思っています」

「そうか。ありがたい。楽しみがひとつ増えたな」

本当に弾んだ声でサディアスはそう言い、クスクスと笑い声まで漏らしている。

「では、今後の行事の予定を、ブロウの方から伝えるように命じておく」

本気で魔法の花火を依頼するようだ。エーリスはいまさらながら、どうしようと困惑した。行事のときにまた呼んでもらえるなら嬉しい。王城に上がる理由ができる。旅費も国から支給されるだろう。

しかしいつまでもこの稚拙な魔法が通用するとは思えなかった。回数を重ねれば、そのぶんバレる危険が増えていくに決まっている。

「こちらでしたか、陛下」

植え込みの向こう側から、侍従長らしき壮年の男がやって来た。遅れて到着した遠方の国の代表が、面会を求めていると言う。

「わかった、すぐ行く」

サディアスはそう返事をし、エーリスに向き直った。不意を突かれた。あっ、と思ったときには左手を取られていた。

左手の甲にくちづけを落とされ、エーリスは愕然とする。魔法がかかっていない左手は、多少の手荒れはあるものの、若々しい青年の手にしか見えない。

その手をじっと見つめたサディアスが、「右手とちがうな」と呟いた。どっと全身に嫌な汗をかく。

「もしかして、左手だけ若さをよみがえらせる魔法をかけてあるのか？」

驚いたことにサディアスは真逆のことを言った。

「そ、そうです」

急いで肯定しながら、左手をローブの中に引っこめる。

「では、また明日」

踵《きびす》を返したサディアスは、大股《おおまた》で去って行った。その後ろ姿を硬直したまま見送り、護衛の姿も去ってから、エーリスはよろよろと地面に膝をついた。

月の光で両手を見る。皺深い右手と、肌に張りがある若者の左手。まちがいなく左手の甲に唇が押し当てられた。柔らかな感触は、まだまざまざと残っている。

「うそ……気付かれなかった……?」

愕然とした呟きは、自分の声だった。慌てて周囲を見回し、だれもいないことを確認してホッとする。いや安堵している場合ではない。

エーリスはフードをさらに目深《まぶか》にかぶりなおし、その場を離れる。逃げるように客室に戻った。

ピピピと変わらぬ鳴き声で迎えてくれたのは、緑色の小鳥。鳥籠の前に膝をつき、エーリスは両手で顔を覆った。動揺のあまり右手の魔法は解けている。

サディアスは本当に左手の方に魔法がかかっていると思ったのだろうか。片手にだけ若返りの魔法をかけるなんて、そんなことをジラがなんのためにするというのか。

本物のジラではないと見破っている?

わかっていながら、なにも言わなかったとしたら——いや、騙されていると気付いたら、普通はなにか言うものだ。

とにかく、あまりの迂闊《うかつ》さに、エーリスはもう自分を信用できなくなった。

「明日……明日帰ろう、すぐに……」

膝を震わせながら立ち上がり、エーリスは身の回りのものをトランクに片付けはじめる。

式典には出る。けれど最後まで見届けることはできそうにない。しばらくしたら抜け出して帰ろう。一刻もはやく王城を出た方がいいとしか思えなかった。

◇

式典の日、サディアスは当然のごとく、朝から忙しかった。

まず身を清めて簡素な服を身につけ、王家の墓に行く。無事に在位二年を迎えられたことを報告し、今後も政務に励《はげ》むことを誓う。

居室に戻ったら軽食をとり、こんどは式典用の衣装に替える。衣装係の侍従が五人がかりで、サディアスを飾り立てた。

最後の仕上げに、王冠を頭に載せられる。

「いかがでしょうか、陛下」

全身をうつすことができる姿見で自分を見た。白い生地にびっしりと金糸の刺繍《ししゅう》が施《ほどこ》された詰襟《つめえり》の騎士服に、宝石をちりばめた真紅のマント。王冠にも親指ほどの大きさの宝石がずらりと埋めこまれている。両手の指にはいくつも指輪がはめられ、宝石が輝いていた。

あいかわらず派手で仰々《ぎょうぎょう》しい。しかし必要な仰々しさだ。これほどの財宝を持つ豊かな王家はほかにない、と招待客に見せつける意味がある。

衣装係の侍従たちに「完璧《かんぺき》な仕事だ」と労《ねぎら》いの言葉をかけた。この日のために寝食を忘れて準備に没頭《ぼっとう》していた彼らは、満足そうな顔をして深々と頭を下げた。

「ブロウ、例の客はどうしている」

侍従たちがいる前でエーリスの名前は出さないようにしていた。例の客、でブロウには伝わる。

「客室で朝食をとったあと、私に至急の案件で面会の申し出がありました。これから会ってきます」

「十中八九《じっちゅうはっく》、式典が終わりしだい帰りたいとか、そういう話だろうな」

はい、とブロウが頷く。

侍従がトレイを手に近づいてきた。熱いお茶が入ったカップを差し出される。サディアスは立ったままそれを飲んで、喉を潤《うるお》した。座ると衣装に皺がつく。着替えたあとは式典が終わるまで座れないのだ。

「できるだけ早く帰りたいと言われたら、了承しておけ。だが帰すな。引き留めろ。あの子を大切にできない村に、二度と帰すものか」

サディアスはエーリスが姿を消してしまう可能性も考えていた。

今回、エーリスはおそらく村人の要請《ようせい》でジラのふりをして式典に出席した。正直者の彼にとって、サディアスとの板挟《いたばさ》み状態で辛かったことだろう。

これで村への恩を返しきったと解釈《かいしゃく》したエーリスが、もう辛い役目はごめんだとマグボンラオール村へ戻らずにどこかへ行ってしまったとしたら、探し出すのに骨が折れる。

それに、彼にそんな辛い選択をさせたくなかった。

「陛下、お時間です」

侍従長に声をかけられ、サディアスは開かれた扉から廊下へ出る。

「ブロウ、頼んだぞ」

もっとも信頼する臣下が頷くのを見届けてから、サディアスは王の間へと確かな足取りで歩いていった。

◇

宮廷楽団が奏でる荘厳《そうごん》な音楽とともに、真紅の豪奢《ごうしゃ》なマントを羽織ったサディアスが王の間に現れた。

（ああ、サディアス様……！）

その堂々とした姿は輝くばかりの威厳《いげん》を放っており、エーリスは感激に胸を震わせ目を潤ませた。

小柄なエーリスは式典の招待客の中に埋もれるようにして立っていた。玉座までは距離があるので、サディアスの表情は見えない。

それでも精一杯の背伸びをして、瞬きをする間も惜しみ、涙をこらえながら凝視《ぎょうし》する。

いまだけは目深に被ったフードから顔を上げ、愛しい人を見つめる許可をください、と心の中で呟く。

近隣各国の代表や使者が祝辞を述べ、つぎに国内有力貴族たちがおなじように前に出て国王を讃《たた》える。サディアスは玉座の上でそれを受け止め、鷹揚に頷いていた。

立場の違いというものを、これほど明確に突きつけられる機会などもうないだろう。

生前のジラが言っていたように、やはりエーリスはサディアスと親しくするべきではないのだ。

（あの方と一時でもお話ができたこと、触れあえたことは、一生の宝物です……）

サディアスとの時間は子供時代の思い出として、大切に心の奥にしまっておこう。

エーリスはこぼれそうになった涙をローブの袖で拭《ぬぐ》い、ひとつ息をついた。そっと一歩、下がる。周囲の招待客たちは玉座に釘付《くぎづ》けで、魔女のローブを着た小柄な人物が会場から出ようとしていることを気にする様子はない。

一歩ずつ、エーリスは不審に思われないように動いて、とうとう式典会場になっている王の間から出た。

廊下には等間隔《とうかんかく》に警備兵が立っているが、招待されていないのに入ってこようとする不審者を捕えることが仕事なのだろう、会場から出て行くエーリスを呼び止めようとする者はいない。

警備兵以外にだれも歩いていない閑散とした廊下を、エーリスはローブの裾《すそ》をひるがえしながら急ぎ足で歩いた。客室までなんとか戻れたときには、息が切れていた。

今朝、ブロウに会って式典が終わりしだい村に帰ることは告げてあった。その際、見送りはいらないことも言ってある。トランクひとつを持って、王城を出るだけだ。

エーリスが部屋に戻ったことに気付いた小鳥が、ピピピと囀《さえず》りながら鳥籠の中で羽ばたいた。

「そうだ、君をどうしようか……」

小鳥を前に、エーリスはしばし迷った。鳥籠は荷物になる。往路は村が用意した馬車だったので、鳥籠を運ぶのに不便はなかった。しかし復路はそうもいかない。

乗り合い馬車を利用するつもりなので鳥籠はかなり邪魔になるし、なにより小鳥の方が居心地が悪くて辛いだろう。

荷物を減らして身軽になった方がいい。逃がすなら魔法を解かなければならない。

エーリスは鳥籠を窓際に運び、小鳥と目を合わせた。鳥籠のうえに両手をかざす。きょとんとした表情の小鳥が可愛い。

「長い間、付き合わせてしまってごめんね。いま自由にしてあげるから」

ジラならば指をパチンと鳴らしただけで魔法が解けるだろうが、エーリスは長い呪文を詠《えい》唱《しょう》する必要があった。それも一字一句、まちがえてはいけない。

目を閉じて、おおきく息を吸ったときだった。

扉が廊下側からコンコンコンとせわしく叩かれたと同時に、「失礼します」と聞き覚えのある声が聞こえた。

驚いて振り向くと、ブロウがいた。珍しいことにすこし髪を乱し、エーリスを見つけるとホッとしたように大きく息をつく。

「ジラ殿、こちらにいましたか。招待客の中に姿が見えないので、探しました」

エーリスは慌てて両手を引っこめ、ローブの下に隠した。魔法がかかっていない左手を無防備に出していたからだ。

「終わりしだい帰ると伝えたはずだが」

まさかブロウに探されるとは思っていなかった。戸惑いながらも嗄れた声でなんとかそう言う。

「式典はまだすべて終了してはいません。途中です」

「陛下の立派なお姿はもう目に焼きつけた」

「そうですか。では土産《みやげ》を渡しますので、しばらくここで待っていてもらえますか」

「土産？」

そんなものがあるとは知らなかった。どのくらいのおおきさだろうか。荷物が増えると面倒だ。

「いや、私は結構だ。たいした祝いの品を贈れなかったし、恐れ多いので――」

「昨夜、魔法の花火を打ち上げてくれたではないですか。陛下はいたくお気に召したようで、なんらかの機会にまたジラ殿に披露《ひろう》してほしいと話していましたよ」

「あの、それについては、その、考えを改めた。年なのでもう長旅は体に堪《こた》える。大変ありがたいことだが、辞退させて……」

「では土産を持ってきます」

ブロウは最後まで言わせてくれなかった。強引にそう言い切り、部屋を出て行ってしまう。

エーリスは呆然と立ち尽くした。そしておろおろする。待てと言われて、それに逆らったらどうなるだろうか。

言うことをきかずに、ここを出て行った方がいいような気がする。自分の荷物はもうトランクにまとめてあった。それを持って走っていけば――。

廊下の様子をそっとうかがうと、さっきまでいなかった警備兵がこちらを向いて立っている。

あきらかにこの部屋を見張っていた。

これでは勝手に帰れない。ブロウはなんとしてでも土産を渡したいのだろうか。

ピピピピ、と小鳥がさえずり、エーリスはハッとした。そうだ、魔法を解いてあげなければいけない。

エーリスはあらためて小鳥に向き直り、両手をかざした。呪文を唱える。一字一句、まちがえないように、丁寧に。

あとすこし、というところで、また扉が叩かれた。ブロウが戻ってきたのだろう。呪文の詠唱を中断したくなくて、エーリスは振り向かなかった。

「小鳥になにをしているのだ?」

予想とはちがう声が聞こえ、エーリスははじかれたように振り返った。そこには式典の衣装のままのサディアスが立っていた。

さっきは遠目にしか見ることができなかった正装姿の国王が、すぐそこにいる。頭上の王冠も真紅のマントもきらびやかで、とても似合っていた。間近で見ると、神の化身《けしん》かと錯覚《さっかく》するほどの神々しさだ。

顔を伏せることも忘れて見惚れてしまう。

サディアスとしっかり目を合わせていることに気付いたときは、もう遅かった。

「やっと目が合ったな」

滲《にじ》むようにサディアスが微笑む。

立ちすくんでいるエーリスとの距離を長い足で一気に詰めてしまうと、サディアスは被っていたフードに触れてきた。

「あ……」

顔を覆っていた布ごと、フードが首の後ろへと払われてしまう。露《あら》わになった顔には、もちろん魔法などかけられていない。

エーリスの素顔を見て、サディアスが泣き笑いのような表情をした。

「やっと会えたな、エーリス」

喜びしか感じられない声音に、エーリスも泣きそうになった。

「陛下……」

いつのまにか、声にかけていた魔法は解けていた。

「エーリス。顔をよく見せてくれ」

両手で頬をくるむように包まれ、上を向かされた。

「会いたかった」

囁きは甘く、額に押しつけられたサディアスの唇は柔らかい。じん、と顔全体が痺れるように熱くなった。

親指で下唇を擦《こす》るようにされ、ぞくぞくっと背筋をなにかが駆け抜ける。かすかに「あ…」

と声が漏れた。

「いつ正体を明かしてくれるか待っていたのだが……すまない、もう待てなくなった」

やはり騙しおおせてはいなかったのだ。

「気がついていたんですね、僕だと」

「最初からわかっていた」

昨夜、中庭で左手を見られたからだと思っていたが、ちがっていた。

「ジラが一年半前に亡くなったことも、私は知っていた」

えっ、と息を飲む。こんなことでサディアスが嘘をつくはずもないので、本当なのだろう。

「知っていたなら、陛下はなぜ村に援助を続けてくださったのですか」

「それがジラとの約束だったからだ」

「約束？」

「二年前、ジラと会談したとき、彼女は自分の死期を悟っていた。会えるのはこれが最後だろうからと、ジラの死後についても具体的に話し合ったのだ。村は王家からの援助に慣れきっている。いきなり打ち切られれば大混乱に陥《おちい》るだろう。すぐにはなくさないでほしいと言われ、私は了承した」

「だからジラは――」

今際《いまわ》の際《きわ》、ジラは自分が死んだら速やかに国王に知らせるようにと言い遺した。すでにサ

ディアスと今後の対応について協議されていたからだ。

「マグボンラオール村にはもう頼りになる魔女はいない。今後は自立に向けて考えていかなければならないだろう。土地が瘦せていてもなんらかの産業は興《おこ》せる。現に村長の息子たちが数年前から羊を飼いはじめた。そうした指導をこれからしていくつもりだ」

そこまで村のことを知り、考えてくれていたのか。安堵のあまり全身の力が抜けた。

ふらりとよろけたエーリスを、サディアスがしっかり抱きとめてくれる。

「陛下、そろそろ……」

扉の外からブロウが声をかけてきた。

そうだ、サディアスは式典の途中だ。主役の国王がこんなところにいてはいけない。王の間にいたたくさんの招待客たちを待たせているのかと、エーリスは慌てた。

「陛下、こんなところにいてはいけません。王の間に戻ってください」

「では、終わるまでここで私を待っていてくれるか？」

ぎゅっと痛いほどに腕を摑まれる。

「まだ話さなければならないことがいくつもある。君からもいろいろと事情を聞きたい。私に黙って帰らないと約束してくれるなら、私は式典に戻る」

そんなことを言われたら待っているしかない。エーリスは「待っています」と頷いた。

「ここで式典が終わるのを待っていますから、陛下は行ってください」

「本当だな？　絶対にここで待っているのだな？」

「待っています。どこにも行きません」

きっぱりと言い切ったとき、サディアスの目が金から銀に色を変えた。

「……わかった。信じよう」

そう言いながらも、サディアスは躊躇いを見せる。なかばブロウに引っ張られるように部屋から連れ出されていった。

◇

国王の権限で予定されていた式典の内容をいくつか変更させ、さらに省略もさせ、予定よりかなり早くすべて終わらせた。

それでも日暮れまでかかってしまった。

サディアスは式典用の衣装を脱ぐと、慌ただしくエーリスの客室へと向かう。ブロウが見張っているので、慌てなくとも大丈夫とわかっていても気が急いた。

目的の部屋の前で、いったん立ち止まり、深呼吸する。扉を叩くと内側からブロウが開いてくれた。

「エーリスは？」

「落ち着いています。さきほど夕食を済ませ、いまお茶を飲んでいます。陛下はなにか召し上がりましたか」

「いまはいらない」

「ではお茶をお持ちします」

小声で会話したあと、ブロウと入れ替わりに客室に入った。窓際の二人掛けのテーブルについていたエーリスが立ち上がる。

「陛下……」

部屋の四隅とテーブルに置かれたランプに照らされたエーリスは、魔女のローブを脱ぎ、なんの飾り気もない簡素なシャツとズボンとベストという姿になっていた。ズボンの膝には布があてられ縫《ぬ》われている。慎《つつ》ましい、田舎の青年の姿だ。

サディアスは静かに歩み寄り、抱きしめたい衝動を抑えながら「待たせてすまない」と、できるだけ静かに声をかけた。

いまのエーリスは、驚かせたら飛んで逃げてしまう小鳥のように思えたからだ。「いいえ」と彼は首を横に振った。

「そんなに待ってはいません」

「もう夜だ。時間を持て余しただろう」

「ブロウさんがずっと話し相手になってくれていたから、退屈はしませんでした」

こちらの都合で待たせたのにあまり不快な思いをしなかったのならよかった。

しかし、ブロウと二人きりでなにを話したのか、あとで本人に問い質《ただ》そう、とサディアスは決めた。エーリスに関しては、ひどく心が狭《せま》くなることを自覚している。

「座ってもいいか？」

「どうぞ」

二人掛けのテーブルはさほど大きくない。そこに座って向かい合えば、いつかのお茶の時間を思い起こさせた。

「話をしたいという私の望みを聞いてくれてありがとう」

「僕も陛下とはお話をしたかったので、機会を与えてくださって感謝しています」

エーリスの堅苦しい態度に苦笑いしてしまう。二年前のように、立場のちがいなど取り払って会話がしたかった。

ふと視線を動かせば、テーブルの上に翡翠のブローチが置かれている。

「大切にしてくれていたのだな」

ブローチを手に取ってみれば、どこも欠けてはおらず、汚れもない。エーリスがどれだけ大切に扱ってくれていたかがわかる。

「いつかは陛下にお返しするものですから、慎重に扱っていました」

大真面目《おおまじめ》な顔でそう言うものだから、つい笑いがこぼれる。可愛いエーリス。

「これは君にあげたのだよ。あのときは貸すとでも言わなければ受け取ってもらえなかったからね。それに、いつか返しにきてほしいと言えば、律儀《りちぎ》な君はそうしてくれると期待していた」

「陛下……」

「まさか二年も会えないとは思わなかったが」

つい付けくわえた一言に、エーリスが悲しそうな目をする。嫌みのつもりはなかったが、言わない方がよかった。

「すみません。村から王都までは遠くて、とても僕個人では旅費が捻出できませんでした」

旅費。そこまで考えていなかった。

なんと弁解したものか。サディアスは優秀と評されることが多い頭脳を働かせたが、うまい言葉が浮かんでこない。

テーブルの上に出しているエーリスの両手は、若々しい色艶《いろつや》をしている。もう右手にかけた魔法を解いたようだ。その手に触りたくて手を伸ばしかけたとき、扉が開いてブロウみずから茶器を載せたワゴンを運んできた。

思わず睨んでしまったサディアスだ。ブロウは澄ました顔でお茶をカップに注ぎ、テーブルに並べる。

「これから大切な話をするから人払いをしておけ」

「すでに周知済みです。時間を見計らってお替わりをお持ちした方がいいですか?」

「もう構うな」

承知しました、とブロウは恭《うやうや》しく頭を下げて出て行った。これで邪魔は入らない。

「さて、なにから話そうか」

サディアスは渇いていた喉をお茶で潤し、緊張した様子のエーリスを見つめる。

彼はあいかわらずサディアスの左目を恐れることなく、気味悪がることもなく、むしろ憧憬《しょうけい》をこめて見つめ返してくれる。

「あの、まず僕から謝罪させてください」

エーリスが沈痛な面持ちで切り出した。

「一年半もジラが亡くなったことを隠していて申し訳ありませんでした。ジラと陛下のあいだで、すでに今後のことが話し合われているとは知らず、僕たちは自分勝手にも、現状が維持《いじ》されることばかり考えてしまいました。陛下を欺《あざむ》いていた罪は重く、どのような罰も受け入れるつもりです」

「君は最後まで村長たちの意見に反対していたと聞いたが」

エーリスは苦笑いして、「けれど結局は隠蔽に加担したのですから同罪です」ときっぱり言い切った。

「……そうだな、その件については、あとで話そう」

はい、とエーリスは重々しく頷いた。

「エーリス、君は私たちカルヴァート王家がなぜマグボンラオール村に物資援助を行うようになったか、その経緯《けいい》を知らないだろう？」

「はい」

エーリスは素直に頷いた。

「王家からの援助は提供した魔力の対価だろうと理解してはいても、その最初のきっかけがなんだったのかを知る村人はいないと思います」

「ジラは知っていたが、結局、だれにも話すことなく逝《い》ったのだな」

魔女ジラは寡黙《かもく》で、けして愛想がいい人物ではなかった。けれど上辺だけの調子のいい言葉は絶対に口にしなかったし、父王に向けた友情は本物だった。

「ことのはじまりは、約二百年前だ。魔女の隠れ里があるらしい、という噂を確かめるために、当時の国王の第二王子が探索《たんさく》の旅に出たそうだ。一年後、苦難の旅のはてに、魔女の里――つまりマグボンラオール村を発見する。しかし王子は、厳しい旅のせいで病に冒《おか》されていた。村人に助けられ、魔女の薬湯で快復した王子は、村の娘と恋に落ちた」

エーリスの目が驚きに見開かれる。

まるで吟遊《ぎんゆう》詩人が創作した歌のような物語だが、実際にあったことなのだ。

「王子は村の娘を王都に連れて帰った。王位継承者ではあったものの二番目の王子だったため結婚が許され、二人は幸せな生活を送ったそうだ。結婚の数年後、マグボンラオール村の周辺が厳しい干《かん》ばつに襲われ、村人たちが飢えに苦しむことがあった。村の娘は夫となった王子に、物資の援助を頼んだ。その見返りとして魔女たちに魔力の提供を約束させた。それがはじまりだ」

援助がなかば永続的になったのは、干ばつの被害から村が回復するのに、数年を要したからだと伝え聞いている。

「そんなことがあったんですね……。村の娘がカルヴァート王家の王子と……」

「国ではなく、あくまでも王家と村との契約だったのは、そういう経緯があったからだ。第二王子の妃となった娘の生まれ故郷と、嫁ぎ先である王家との口約束で成り立っていた。正式な書類はいっさいない」

「どうして経緯が村の中で伝わっていなかったんでしょうか」

当然の疑問だ。しかしそれについてはサディアスも憶測《おくそく》でしか話せない。

「もしかして、当時の村人たちは若い娘を物資と引き換えに売ってしまった、と解釈して恥じていたのかもしれない。慶事《けいじ》ではなく、村の汚点だと感じ、娘のことをそれ以上語らなくなったとしてもおかしくない」

「……それは、あり得るかもしれません……」

エーリスは目を伏せて、村人たちを思い浮かべているようだ。ジラのふりをしてここに来ることになった経緯を思い出しているのかもしれない。

「エーリス、私の左目のことをどう思う」

視線を上げて、エーリスの黒い瞳がまっすぐサディアスの目を見てきた。

「以前と変わらず、不思議な色をしています」

「いまも、気味が悪いとは思わない？」

「思いません」

エーリスはきっぱりと清々《すがすが》しいほどに言い切った。嘘ではないとわかるから、サディアスはエーリスを愛しいとしか思えない。

「私の左目には秘密がある」

「ときどき色が変わることですね」

「そうだ。色が変わるとき、あることが起こっている」

「あること？」

きょとんとした目で首を傾げるエーリス。

いままで秘密にしてきたことを打ち明けるには勇気がいる。エーリスが純粋な気持ちで寄せてくれている憧憬や恋情が、一瞬でひっくり返されて恐怖や嫌悪になるかもしれないのだ。けれどサディアスは、エーリスに隠しごとをしたくなかった。この機会に話そうと決意していた。

「これを知っているのは、私を産んだ亡き母と、二十年仕えてくれているブロウだけだ。君が三人目になる」

「えっ……」

絶句したエーリスは「僕が三人目」と口の中で呟く。

「前王は……？」

「父王はなにも知らないままだった。母が話さないと決めたので、私はそれに従った」

母はサディアスの左目が持つ力に気付いたとき、嘆《なげ》いたそうだ。哀れだと、息子の行く末を案じた。

そして息子を守るために、左目のことをだれにも知られないように育てる覚悟をして、子供の父親である国王にも秘密にした。

「それほどの秘密って……」

エーリスが戸惑いを顔に浮かべ、サディアスの左目を覗きこむようにしてくる。

「二百年前、マグボンラオール村からカルヴァート王家に嫁いだ村の娘は、魔女の血を引いていたのだよ」

魔女の能力は血によって、主《おも》に女性に受け継がれていく。だが稀《まれ》に、男にも現れる。

「母は、第二王子の家系だった」

それだけで意味がわかったのか、エーリスは両手で自分の口を覆った。声が出そうになったのだろう。

「第二王子と村の娘のあいだに生まれた子供たちに、どれだけの魔力があったのかはいっさい伝わっていない。だが確実になんらかの力はあっただろう。子から孫、ひ孫と代を重ねるにつれ、二百年のあいだに血はどんどん薄くなっていき、母に特別な力はまったくなかった。しかし、三十年前、三人の王女のあとに生まれた待望の王子――私の左目は、魔眼だった」

いったいどんな運命のいたずらか、サディアスの左目には生まれたときから魔力が宿っていたのだ。

「あの、不勉強で申し訳ありません。魔眼とは、どんなものなのか知らなくて……」

「魔力を持つ眼だ」

「魔力を持つ、眼……」

「そういう眼を総称して魔眼というらしいが、能力はさまざまだと聞いた。私の魔眼はいわゆる『真実の眼』だ。この眼にうつる者の真意がすべてわかってしまう、という最悪の力だ」

どれほど遠くのものも見通せる千里眼や、分厚い壁の向こう側も見ることができる透視能力の方が、まだマシだったのではないかと、子供のころに思ったものだ。

サディアスの左目は、人間の真実を見抜いてしまう。口先だけの嘘は当然のこと、無言でいても内に秘めた感情が見えるのだ。

「見える、のですか。どのように?」

「その者の心の色が見えるのだ。どす黒い混沌《こんとん》とした色や、禍々《まがまが》しく濁った赤――とにかく醜《みにく》い色だ。野心だらけで攻撃的な者の頭には、角が生えているように見えることもある。逆に、良心的な者の姿は、清々しい晴れた空のような青だったり、澄んだ湧き水のように透明だったりする。色の現れ方は人それぞれで、だれひとりとしておなじものはない」

「そうなんですね」

なかば呆然としながらも感心しているらしいエーリスに、サディアスは苦笑した。

晴れた空のようだったり、湧き水のように透明だったりするのは自分だと、きっとエーリスは思ってもいないのだろう。

「エーリスはジラのふりをしてフードを目深《まぶか》にかぶっていたが、私の左目はそのフードの下に隠された素顔も見ることができた」

「陛下にはなにも隠せないんですね」

「知りたくないものまで見てしまうのは、なかなか辛いものがあるが」

自嘲の笑みをこぼすと、エーリスが気遣うように見つめてくる。

「私は父王の唯一の王子だった。生まれたときから王太子だったのだ。母が生きていたときはまだよかったが、守護者がいなくなったとたんに王太子の権力と財力の恩恵にあずかろうという、私利私欲にまみれた大人たちが群がってきた。私に気に入られようと、耳に心地いい美辞《びじ》麗句《れいく》を並べ立てる者や、作り話で政敵を落とそうとする者——。内心とは裏腹の言葉を口にしながら擦《す》り寄《よ》ってこられても、気持ちが悪いだけだった。むしろ、私と意見を違《たが》え、対立する立場でいる者の方が正直で、信用できた」

「でも、陛下が信じることができる人も、たくさんいたんですよね？」

「……たくさんはいなかったな。私が心から安心して話ができたのは、父王と三人の姉、臣下の中ではブロウだけだった」

サディアスは暗くて捻《ひね》くれた子供から、厭世的《えんせいてき》な大人になった。

人の本性が見える能力など、ほしくなかった。

この能力のおかげで人の悪意を見抜き、父王を狙《ねら》う暗殺者を捕えたこともあったが、あれはサディアスでなくとも未然に防げたと思っている。

辛いことの方が多かった。

なぜこんな力を持って生まれてしまったのか、母の血筋を恨《うら》んだこともある。けれど何世代もの空白ののちに突如《とつじょ》現れた魔眼に、もっとも苦しんでいたのは母だった。

やがて母は心労のあまり病がちになり、サディアスを心配しながら亡くなった。末の弟を無条件で愛してくれていた姉たちもつぎつぎと嫁いでいった。寂しく思っていたところに父王の病が追い打ちをかけた。

信頼できる者はブロウだけ。近いうちに玉座に座らなければならないのに、それではあまりにも心許《こころもと》ない。

この先、心を許せる伴侶が見つかるとも思えなくて、果てしない孤独感に苛《さいな》まれていた。

エーリスに出会うまでは。

ちいさなテーブルを挟《はさ》んで座っているエーリスを、ひたと見つめる。左目の秘密を打ち明けても、エーリスの内面に目立った変化はなかった。

澄み切った泉のような透明感が下地にあり、そこに薄い緑色と赤と黄色が混ざったような色がたゆたっている。

薄い緑色はサディアスへの気遣いだ。赤と黄色は恋慕《れんぼ》から生じたとしか思えない。

三年前、サディアスと出会ったとき、エーリスの胸にこの色は現れた。その一年後には、赤味が増していた。そしていま、鮮やかな赤に変化している。まるで時間をかけて果実が熟《う》れてきたようだ。

透明な泉の中に浮かんでいる、完熟間近な果実。とてもきれいな光景だった。

ずっと眺めていたいほど目に楽しいが、その果実を自分がもいで食べてしまいたいとも思う。だれかに採《と》られてしまうまえに、自分だけが味わいたい——。

「エーリス、私の眼に自分がどう見えているのか、知りたくないのか。なにも聞かないな」

エーリスは目を丸くして、「思いつきませんでした」と驚いている。

「そうか、そうですよね、普通は気になりますよね……」

「いま、なにを考えていた?」

「陛下のことを考えていました」

「私のこと?」

「陛下がお気の毒で……。ブロウさんしか信用できる人が身近にいないなんて、とても辛いのではないかと思いました」

しゅんと肩を落としたエーリスが可愛くて、サディアスは笑みがこぼれてしまう。損得勘定なしで本心から心配してくれているのがわかるから、サディアスはたまらない気持ちになるのだ。

「私はね、君のことも信用している」

「僕ですか?」

「君は嘘をつかない。欲もない。ただ、まわりの人を気遣いながら生活している。そんな人は、あまりいない」

「そうですか? そんな人、僕以外にもたくさんいますよ」

謙遜《けんそん》ではなく本気でそう思っているエーリスに、サディアスは微笑んだ。心の中だけで、

『意外といないのだよ』と呟く。

たとえ日常的にはそれほど強欲でなくとも、王族と親しく交流したあとで欲を抑えられる者は少ない。どうしても、あわよくば、と考えてしまうものなのだ。

けれどエーリスにはそれがない。その純真さ、無欲さは、持って生まれた性格なのかジラがそのように育てたのかわからない。

どちらでもいい。いまサディアスの前にいるエーリスが、すべてだ。

「私にとって、君のような人は貴重なのだよ。三年前、私は君をとても気に入った。弟がいたら、こんなふうに可愛いのかと思ったものだ」

「ありがとうございます」

ほんのりと頬を赤くして、エーリスが嬉しそうに照れくさそうに笑う。

「その一年後、二年前に再会したとき、君は変わっていなかった。あいかわらず無欲で純真で、私を心地よくさせてくれる。邪心のない君のそばにいると、私は癒された」

「僕が陛下を、癒す？」

「そうだ」

不思議そうに小首を傾げるエーリス。自分のなにが特別なのか、よくわかっていない。だからこそ、特別だった。

「私は君に、村を出て王都へ来ないかと誘った。覚えているか？」

「もちろんです。あのとき、とても嬉しくて嬉しくて、王都に移り住めば毎日でも陛下に会えるかもと想像するだけで、興奮して眠れませんでした。けれど、ジラが――」

「君の保護者であるジラが許さなかった」

すべての話を済ませた後、サディアスはジラに『エーリスが欲しい』と願い出た。

毎日のように王太子の居室に呼び寄せていたことから、サディアスがエーリスに執心していることを、ジラは察していた。

『あの子の心に惹かれましたか』

ジラはまるで不肖の弟子でも見るような目で、サディアスを見てきた。魔眼のことを打ち明けてはいなかったが、おそらくジラはサディアスの左目に気付いていた。

『殿下のような方が、あの子を欲しがる理由はわかります。ですが、どういう立場であの子をそばに置くつもりですか』

そう聞かれて、サディアスは口籠《くちご》もる。保護者に面と向かって、『愛妾《あいしょう》』とは言えなかった。サディアスの中にも純真な想いがあり、その場しのぎで、『侍従の一人として』とか『文官候補として』とは、どうしても言えなかったのだ。ジラ相手にいい加減なことを言っても、見破られてしまうだろうし。

『あの子はまだ十五歳。私が大切にし過ぎたのか、まだなにも知らない子供です。殿下のお相手など、とうてい務まらないでしょう』

呆れたため息をつかれたが、サディアスは食い下がった。

『エーリスが成人前の十五歳であることは承知している。私が責任をもって教育を受けさせるし、大人になってからの身の振り方も用意すると約束する』

預からせてほしい、と重ねて頼んだ。

ジラはしばらく考えたあと、仕方がない、とでも言いたげな顔になった。

『殿下は執念深そうなので、ここで私があれこれ言っても、たぶんあの子を諦めることはないんでしょうね』

『一途だと言ってくれ』

執念深いとは失礼な表現だ。言い方が悪いというささやかな抗議を、ジラは無視した。

『二年後、あの子は成人します。そのとき、きっと私はもうこの世にいない。その後のことは、おのおの自由です』

『では、いいのだな？』

『いいとは言っておりません』

ジラが不快げに睨んできた目には、我が子を思う親の情があった。

赤子のころから育てた最後の弟子を、彼女はことのほか可愛がっていた。権力者に力ずくで奪われ、弄《もてあそ》ばれてはかなわないと思っていたのだろう。

だからサディアスは、エーリスが成人してから、あらためて口説《くど》くことにする、とジラに約束したのだ。

その話をしたときから二年。ジラが亡くなってからは一年半になる。エーリスはつい先日、十七歳になり、成人した。

今回の式典に招くことは賭けだった。ジラ亡きいま、王都まで出てくるのはエーリスだろうと考えていたが、本当にそうなるかはわからなかった。

それに、二年たってもエーリスが純真なままで、サディアスに恋情を抱いてくれているかどうかは未知数だった。

村の動向を探っている者からは、エーリスがまだ結婚しておらず、その予定もなく、親密な付き合いをしている男女はいないという報告は受けていたが、心の中まではサディアスのような能力がないかぎり探れるものではない。

サディアスは賭けに勝ったのだ。招待に応じてやって来たのはエーリスだし、中身は変わっていなかった。

いや、二年の月日が、エーリスの恋情を成長させていた――。

「エーリス、誤解のないように言っておくと、君を弟のように思ったのは、出会った三年前のときだけだ」

サディアスは腕を伸ばし、テーブルの上で茶器に添えられていたエーリスの手に触れた。

「愛している」

見開かれたエーリスの黒い瞳が、じわりと潤んでくる。かすかに震えはじめた指を、サディアスはきゅっと握りしめた。

◇

「愛している」

サディアスは、エーリスの目を見つめて、はっきりとそう言った。

聞きまちがいではない。サディアスはたしかにそう言った。エーリスの手を握りながら。

喜びがゆっくりと胸に広がっていく。心臓が勢いよく打ちはじめると同時に、体が熱くなった。

「ほ、本当に……？」

「私の愛は、君だけのものだ」

サディアスが静かに立ち上がる。握られたままの手を引かれ、エーリスも立った。両腕でくるむように抱きしめられる。

近づいてくる端整な顔から、一瞬たりとも視線を逸らしたくなくて目を開いていた。鼻先が触れそうになったとき、サディアスが目を閉じた。金色の睫毛《まつげ》が長い。

唇に唇が重ねられる。

優しいくちづけに、エーリスは眼底が湿ってくるのを感じた。

「陛下……」

想いのすべてを押しこんで、きつく蓋《ふた》をしていた心から、あらゆる感情がどっとあふれ出した。

身分の差、立場のちがい、一時の感情で流されてしまえば、あとでどれほどの困難が待ち受けているか。

それが予想できているのに、もう迸《ほとばし》る想いを抑えつけることはできそうになかった。

あふれ出した感情は、涙となってこぼれ落ちてくる。その涙を、サディアスの指が拭《ぬぐ》ってくれた。

「僕のすべては、陛下のものです」

「ありがとう。私には君が必要だ。私のそばで、支えになってほしい」

「僕が、陛下の支えに……」

「二年前に、君は癒しだと言っただろう。いまこそ村を出て王都に移り住んでもらいたい。私のそばにいてくれ」

あらためて懇願され、故郷を離れる寂しさよりも、好きな人にそこまで望まれている嬉しさが勝った。

「陛下がそうお望みなら、僕はいくらでも、いつでも、なんでもします……！」

「君は君のままでいてくれれば、それでいい。特別なことは、なにもしなくていいのだよ」

微笑んだサディアスがもう一度くちづけてくる。今度は重ねるだけでなく、ちゅ…と下唇を吸われた。ぞくぞくと背筋をなにかが走り抜ける。

「エーリス、口を開けて」

うっとりしていたところに命じられて、なにをするのかわからずにぽかりと口を開ける。

「開けすぎだ」

楽しそうに笑ったサディアスはエーリスの顎に触れ、開き具合を調節した。そうして二度目のくちづけをされる。

「ん……っ」

薄く開いた口からサディアスの舌が入ってきて驚いた。内心で慌てながらも、サディアスがすることに抵抗したいとは思わない。口腔を無防備に明け渡して、エーリスはされるままになった。サディアスの舌は柔軟に動き、エーリスの舌を探りあてる。

(陛下の、陛下の舌が……)

愛情を確かめあうくちづけで、舌を入れるなんて知らなかった。ぬるぬると擦られ、絡め取られ、どうやって息継ぎをしていいのかわからなくて苦しくなる。

鼻で息をすればいいと気付いたときには、すでに酸欠と混乱で頭がぼうっとしていた。

くったりと脱力して自力では立てなくなっていたエーリスを、サディアスが軽々と抱き上げた。美しい織りのタペストリーがかけられていた衝立《ついたて》の向こう側に、迷いがない足取りで移動させられる。

そこには寝台があった。背中から下ろされ、覆い被さってきたサディアスを見上げる。

寝台のまわりにはランプがなく、かなり暗かった。じっとエーリスを見下ろしているサディアスがどんな表情をしているのか、よく見えない。それでもエーリスは怖くなかった。

「君のすべてを私のものにしたい」

そんなこと、あらためて言われずとも、寝台に運ばれた時点でわかっている。夜伽《よとぎ》を求められているのだ。

男同士だと後ろの穴を使うことは知っている。子供のころから、村の男たちに下品な言葉でからかわれたり、本気で誘われたりしてきたからだ。

下卑《げび》た笑いとともに近寄ってくる村の男は気持ち悪いとしか思えなかったが、サディアスにならなにをされても構わない。あそこにあれを入れるなんて、痛いに決まっている。それでもサディアスがそうしたいのなら、好きにしてくれていい。どんな形でも、ほしがってもらえるのなら嬉しいし、役に立ちたかった。

「できるだけ優しくする」

「はい」

「できるだけ丁寧にするつもりだ」

「はい」

「だが、どうしても無理そうなら我慢せずに言ってくれ。善処《ぜんしょ》する」

善処とは、具体的にどうするのだろうか。途中でやめるのだとしたら、エーリスは絶対に我慢してなにも言わない。

自主的に服を脱ごうとしたら止められた。重ねるだけのくちづけを受けながら、服を脱がされる。

「寒くないか」

「大丈夫です」

物心ついてから全裸を人目に晒《さら》したことはない。恥ずかしさよりも、貧弱な体を見てサディアスが興ざめしないかと心配になった。

けれど裸になったエーリスの全身に手を這わせ、「きれいだ」と言ってくれた。

反論するつもりはないが、自分の裸のどこをきれいだと思ったのか不思議でたまらない。魔眼のせいで美的感覚が狂っているのかもしれない。

「エーリス、君のすべてにくちづけたい。いいか？」

すべてとは、どこからどこまでなのか。素朴《そぼく》な疑問を、そのまま口に出した。

「すべてだ。君の指先から、なにからなにまでに、私はくちづけたい」

本気のようだ。隅々まで唇で触れられると思ったら、とたんに羞恥《しゅうち》が芽生え、肌が汗ばんでくる。

体を繋《つな》げて欲望を吐き出すことが性行為で、挿入《そうにゅう》の痛みに耐えきればいいと考えていたが、甘かったのだろうか。

「あの、それは必要なことなのですか」

「私にとっては必要だな」

ならば仕方がない。「いいか？」と再度尋ねられ、こくん、と頷いた。

「声に出して返事をしてくれないか。暗くてよく見えない」

「あ、はい。あの、陛下のお好きなようにしてください」

「ありがとう」

額にチュと音をたててくちづけられ、こめかみ、頬、鼻先……と、薄闇の中で顔中に唇を感じた。くすぐったくてちいさく笑ったら、唇を塞がれた。

舌を絡めるくちづけに、今度は驚くことなく応じる。ぎこちないながらもエーリスは舌を動かして、サディアスの舌を追いかけた。慣れてくると舌のぬるつきがなんとも淫《みだ》らで、擦りあうと気持ちいい。

サディアスの舌が上顎を舐《な》めてきた。あたらしい刺激にエーリスは肩を震わせ、覆い被さっている男の首にしがみついた。夢中になってくちづけを続ける。

どれだけおたがいの口腔をまさぐりあっていただろう、サディアスの顔が離れていきそうな予感に、エーリスはもっとしてほしくて腕に力をこめた。

くくく、とサディアスが含み笑いを漏らす。

カリッ、と舌先を噛まれた。びくん、と全身を硬直させたあと、エーリスはふわりと蕩《とろ》けた。

目を開くと、視界がとろりと歪んでいる。はふ、と息をついた唇を、サディアスが舌で舐めた。長いくちづけのあいだに漏れた唾液《だえき》を、舐めとってくれたのだ。

「エーリス、私のくちづけを、気に入ってくれたようだな」

ぼんやりとしながら、「はい」と答える。

「舌を噛まれたのが気持ちよかったか」

「はい……」

「もっと噛んであげよう」

舌を出して、と言われてその通りにした。

サディアスの歯が、エーリスの舌を甘く噛む。何度も噛まれ、そのたびにビクビクと背中が震えた。

「全身にくちづけてあげよう」

サディアスの唇がエーリスの首に落ちてきた。吸ったり舐めたりしながら、唇はしだいに下へと移動していく。サディアスはなぜか鎖骨のくぼみを執拗《しつよう》に舐めた。そうしているうちに、なぜだかそこの皮膚《ひふ》が敏感になってきてしまい、エーリスは喘《あえ》いだ。

乳首《ちくび》を舐められたときは、変な声が出た。

「ひゃ、あんっ」

こんな声、出したくないのに、止まらない。

「あん、あっ、あ、陛下、変に、なっちゃ……、僕、あうっ」

「なにも変ではない。素直に声を出しなさい」

「でも、でもっ」

「可愛いから」

「は、はい、あんっ」

じゅっと音をたてて乳首を吸われ、背筋をのけ反らせてしまう。寝台から浮いた背中にサディアスが手を入れて、上下に撫ではじめた。

「あ、あっ、んっ」

背中まで気持ちいいなんて。撫でられてぞくぞくする。吸われた乳首はピンと尖《とが》りきり、中からなにか出そうな錯覚《さっかく》に陥《おちい》るほど、快感が強かった。

どんどん体温が上がっていく。顔が熱い。自分の心臓の音がやけに響いている。全身をめぐる血が、手足のすみずみにまで熱を与えているようだ。

両方の乳首を、サディアスは交互に吸ったり舐めたりしている。歯が当たった瞬間、痺れるような感覚が走り、「あーっ」と悲鳴にしては甘ったるい声が出てしまった。さっきから、いままで出したことがない声ばかり出ている。恥ずかしくて両手で顔を覆った。

「エーリス、こら、顔を隠してはいけない。私がすることに、君がどんな反応をしているのか見えなくなってしまう」

「でも、でも陛下、きっと僕、変な顔になっています……」

「そうか？　どれ、見せてごらん」

サディアスがエーリスの顔を覗きこんでくるのがわかり、おずおずと両手を離した。薄闇の中、サディアスの左目だけは、なぜだかはっきりと見えた。

金から銀へ。真実の眼には、いまエーリスはどんなふうに見えているのか――。

「どこがどう変な顔になっているというのだ。エーリスは可愛いままだ。嫌がっているわけではないようだな？」

「嫌がるなんてこと、ありえません」

「だったら続けてもいいか」

はい、としか言えない。

サディアスは宥めるように、唇にくちづけてくれた。柔らかく重なってくる唇と、そっと侵入してくる舌。ひらひらと舞うサディアスの舌を夢中で追いかけているあいだ、胸から腹にかけてを撫でられた。

「あっ」

足の付け根をまさぐられ、ついに性器に触れられる。いつのまにか、エーリスのそれは固く勃《た》ち上《あ》がっていた。

「あ、あ、陛下、そこは、あっ」

自分以外の者に触れられたことがない部分だ。自慰《じい》行為はごくたまにしていたが、他人の手に握られる快感は桁違《けたちが》いにすごくて、あっという間にのぼりつめてしまいそうになる。

「だめ、陛下、だめです」

とうに先走りの体液が漏れていて、サディアスが上下に扱《しご》くとクチュクチュといやらしい音がする。サディアスの手を止めようとしたが、体に力が入らなかった。

「だめぇ」

「なにがだめだ？　ここは喜んでいるようだが」

「出ちゃう、もう出ちゃいます、やだ、陛下、離してください、だめです」

エーリスは半泣きだ。

夜伽とはサディアスを気持ちよくさせることではないのか。最初からエーリスばかりが気持ちよくさせられ、喘いでばかりいる。思っていたのとちがう。

「もう出そうか？　出していいぞ」

「いや、だめです、だめ」

「可愛いな。人の手でここをこうされることは、はじめてか？　男とも、女とも？　まったく経験がなかったのだな？」

はい、と何度も頷き、だから離してと頼んでも、サディアスは願いを叶えてくれなかった。

「君のはじめてを見ていてあげよう」

「いや、見ないで、見ないでくださいっ」

「ああ、可愛い……」

目尻からこぼれた涙を、サディアスの唇が吸い取ってくれる。顔中にくちづけられながら、エーリスは絶頂へ導かれた。

「あーっ、あっ、や、見な、見ないでっ」

必死で我慢した。逃れようともがいたが、サディアスが体重をかけてくるので寝台から降りることはできない。

「いや、いやぁ」

限界がきて、エーリスは欲望を迸らせた。

白濁《はくだく》が飛び散る。サディアスの手を汚し、エーリスの薄い腹を濡らした。

一瞬、意識が遠ざかるほどの快感に包まれる。心がふわふわして、四肢《しし》を投げ出したまま動けなくなった。

気がつくと、腹部を布で拭《ふ》かれていた。サディアスが後始末をしてくれていると気づき、慌てて起き上がる。

「陛下、すみません」

「いや、いいのだ。可愛い姿を見せてくれたので、このくらいはしないとな」

サディアスは上機嫌の笑顔になっている。

（あれ、明るい……？）

寝台横のチェストにランプがひとつ置かれていた。さっきまでなかった。エーリスが自失しているあいだに、サディアスが移動させ、清拭用《せいしきよう》の布まで取ってきたのだとわかる。

とんでもない失態だ。よく見ると、サディアスはまだ服を乱してもいない。

夜伽を失敗したのだと思い、エーリスは悲しくなった。さっきとはちがう種類の涙が、じわりと滲んでくる。

「エーリス、どうした？　泣いているのか？」

布を放り出し、サディアスが剝《む》き出《だ》しの肩を抱き寄せてくれる。けれど肌に当たる服の感触が、悲しみをさらに増幅《ぞうふく》させた。

「申し訳ありません」

「え、なにがだ？　なに？　私はなにか不快なことをしてしまったか？」

「してしまったのは僕です」

「なに？」

「陛下になにもできませんでした。僕は自分のことでいっぱいになって、ただ寝転がっていることしかできませんでした。すみません」

しょんぼりと項垂れたエーリスの髪に、サディアスのため息がかかる。

「なんだ、そんなことか」

「そんなことではありません。大変なことです。夜伽を望まれたのに、なにもできなかったなんて」

「なにもできなかったわけではないだろう。じゅうぶん楽しませてもらった」

「どこが楽しかったと言うのですかっ」

「全部楽しかった」

にっこりと笑顔になるサディアスに、そんな馬鹿なとエーリスは拗《す》ねた気分になる。

「変な慰めは、いりません」

「慰めなどではない。はじめての快感に喘いでいる君はとても可愛かったし、戸惑って『だめ』を連発している様も可愛かった。震えながら達したときの美しさといったら、この一瞬を絵画に閉じこめておきたいとまで思うほどだったぞ」

饒舌《じょうぜつ》に語るサディアスの頰は、やけに紅潮していた。

「私に絵心があればよかったのだが、残念ながらそこまで多才ではない。かといって閨事《ねやごと》の場に絵師を招くわけにもいかないから、悩ましいところだ。私の魔眼はこういうとき役に立たない。眼にうつる光景を克明に記憶できる能力がほしいな。一場面一場面、頭の中に大切にとっておき、いつでも取り出せるようにできればいいと思う」

ちょっとなにを言っているのかわからない。

眉間《みけん》に皺を寄せて嘆きながら、サディアスは自分の胸元のボタンを外した。ランプの灯《あか》りに、鍛《きた》えられた筋肉に覆われた上半身が照らし出される。

さらにサディアスはズボンを蹴るようにして脱ぎ、エーリスの前で堂々と下着を脱いだ。

体格に見合った大振りな性器が、すでに勃起《ぼっき》した状態で晒される。長さも太さも色も、自分のものとあまりにも様相が異なっているので、エーリスは唖然としてしまった。

「どうした？」

「あの、とても大きくて立派で、さすが陛下だなと思いました」

サディアスが声をたてて笑いながら抱きしめてきた。そのまま押し倒され、ちゅちゅと額や頬にくちづけを受ける。

「君は本当に可愛い。私はもう君に溺《おぼ》れているといってもいいくらいだ」

はあ、と熱い息を耳元に吐かれ、耳の下に唇が押し当てられる。痛いほどにきつく吸われ、エーリスの体がふたたびじわりと熱くなってきた。

「さあ、エーリス、夜はまだ終わっていない。もう一度くちづけからだ」

唇に唇が重なってくる。やっぱりこれが好き、と思いながら、嬉々として舌を絡めた。うっとりと淫靡《いんび》な感触を楽しんでいると、サディアスの手がまた両足の付け根あたりをまさぐりはじめる。太腿《ふともも》の後ろを持ち上げられ、足を開かされた。

「あ……」

尻の谷間を指でなぞられ、反射的にきゅっと身を縮《ちぢ》めてしまう。

どんな苦痛も耐える覚悟だったが、やはり未知の行為に恐れはある。さっき目にしたサディアスの性器を思い浮かべれば、なおさらだ。

「大丈夫、いきなりはしない」

宥めるような優しい囁きに、エーリスはちいさく「はい」と返事をした。

「あ、んっ」

一度放出して萎《な》えていたエーリスの性器が、大きな手に包まれる。ゆるゆると扱かれて、その心地よさに全身が弛緩《しかん》した。

「そう、こちらに集中して」

言われるまま、後ろをまさぐる指を気にしないようにした。くちづけで唇をあやされ、片手で性器をいじられる。頭がぼうっとしてきて、ただ切なさが腰の奥に溜まっていくのを感じていた。

性器がぱんぱんに膨らみ、放出することばかり考えはじめたころ、ぬるりとしたものをまとった指が後ろに入ってきた。

「力まないで、そう、上手だ。私の指をちゃんとくわえている。痛くないだろう?」

「痛く、ない、です」

むしろ気持ちいい。尻の穴を弄《いじ》られて、痛いだけではないことに驚いた。ぬくぬくと出し入れされ、同時に性器を扱かれると、快感が繋がっているのがわかる。

「ああ、ここも赤く色づいたままで、触ってほしそうだな」

サディアスの呟きがエーリスの胸に落ちた。

ちゅう、と乳首に吸いつかれ、鋭い快感にのけ反ってしまう。

「ひ……ああっ！」

動いたひょうしに、体内の指がどこかを抉《えぐ》った。がくんと腰が揺れ、さらに痺れるような快感に襲われる。握られている性器から、ぴゅっとなにかがこぼれた。

「ああ、ここだな。よしよし、もっと気持ちよくしてあげよう」

「あ、やだ、陛下ぁ」

なにが起こったのかわからない。

「指を二本にしたらどうかな。ああ、大丈夫そうだ」

「あ、ああっ」

増した圧迫感に、エーリスは喘いだ。もう指の動きを気にせずにいることなどできない。ある一点をサディアスの指で突くようにされると、体がびくびくと震え、射精してしまいそうになる。けれど、腫れ上がった性器は根元を締めるように握られて、達することはできなかった。

苦しくて涙が出てくる。気持ちよくても辛くなるときがあると、エーリスは知った。

さらに指が増やされ、ぬめりも足され、狭い窄《すぼ》まりを広げるように出し入れされた。大きく足を開いたまま、切なく悶《もだ》える。

「ああ、陛下、もう、ぬいて、もうっ」

「そろそろいいか」

ずるりと指が抜けていった。ホッとして脱力したエーリスに、サディアスが裸の胸を重ねてくる。おたがいの鼓動が響いた。エーリスとおなじように、サディアスも高鳴っているのがわかった。

「エーリス、愛している」

甘い囁きと柔らかなくちづけ。陶然とする間もなく、両足の膝裏に手をかけられ、膝が胸につくほどに体を曲げられた。

寝台から浮いた尻が、サディアスの視線に晒される。さっきさんざん指で弄られた場所を見られているのだ。

羞恥のあまり悲鳴を上げかけたが、そこにサディアスの性器があてがわれてハッとした。押しつけられた先端が、塗《ぬ》られたぬめりを借りてずるりと侵入してくる。

指三本よりもずっと大きい。悲しいわけでもないのに涙が出てきて、エーリスは泣きながら体を開いた。

ぐ、ぐ、と少しずつ挿入される。痛みはない。けれど限界まで広げられる恐怖に、涙が止まらない。

「すまない、エーリス。もうやめてあげることはできない……」

眉間に皺を寄せ、サディアスも辛そうな表情をしている。一気に突き入れたいのを我慢してくれているとわかった。

エーリスは落ち着くように自分に言い聞かせ、強張《こわば》っていた体からできるだけ力を抜こうと努力した。

時間をかけて、すべてがエーリスの中におさまった。大きく息をつき、サディアスがエーリスの頬を撫でてくる。

「痛いか？」

「……いいえ……」

嘘ではない。ものすごく気を遣って挿入してくれたのだろう、広げられてジンジンと痺れてはいるが、痛みはなかった。

「ああ、夢のようだ。エーリスとひとつになれたなんて」

上体を倒してくちづけてくれる。そしてサディアスはゆっくりと腰を揺らしはじめた。

「あ、ん、んっ」

小刻みに揺られているうちに、さっき思わず取り乱してしまったところに当たった。びくん、と腰を跳ねさせてしまう。

「そう、ここだったね」

「あ、待って、陛下、あんっ」

埋めこまれた屹立《きつりつ》が、そこをずるりと擦った。びくびくと勝手に動く腰を押さえつけられ、さらに先端で抉るように突かれる。

「ひ……っ！」

目の奥で火花が散るような衝撃に、エーリスは声もなくのけ反る。なにかが自分の体から飛び出して腹が濡れたが、それどころではなかった。感じやすくなった粘膜をひっきりなしに擦られ抉られ、嬌声《きょうせい》を上げ続ける。

「あーっ、あっ、いや、そこ、やだぁっ」

「エーリス、ああ、エーリス、エーリス」

何十回と名前を呼ばれ、めちゃくちゃにくちづけられながら、剛直でかき混ぜられる。頭の中までかき混ぜられているようで、もう難しいことはなにも考えられない。ただ剝き出しの熱い想いがあるだけだった。

「陛下、陛下ぁ」

熱い。体が爆発しそうなくらいに熱くてたまらない。エーリスは両手を伸ばしてサディアスに助けを求めた。

「どうした？」

眼を覗きこんでくるサディアスは額に汗をかいていた。いつも気品があって涼やかな風情のサディアスが、野性味あふれる男っぽい表情でいることに、いまさらながら胸がきゅんとした。

「陛下ぁ、好き、好きです」

「私もだ」

抱きしめあうと、挿入の角度が変わる。ちがうところを擦られて、また声を上げた。

「あぅ、あ、あんっ」

「気持ちいいか？」

「いい、いいです、いいっ」

二人の腹のあいだで押し潰されているエーリスの性器が、サディアスに握られた。体液でどろどろに濡れている。

「放置していたあいだに、勝手に出したな？　何回いったのだ？」

「わか、りませ……」

「本当に？」

わからない。射精した自覚がなかった。

「申し訳、ありません」

「謝らなくていい。こちらが気持ちよくて、自然に出てしまったのだろう」

ぐっと奥を突かれ、エーリスは喘いだ。

「いい、陛下、陛下ぁ」

「サディアスと呼べ」

「サ、サディアス、さまぁ、いいです、あんっ」

「そう。可愛いな……」

激しく腰を使っていたサディアスが、ふと顔を歪めた。ぎゅっと抱きしめられると同時に、サディアスが動きをとめる。

埋めこまれたものが、いっそう大きく膨れたような気がした。サディアスが息をのみ、背中を震わせる。

腹の奥が濡らされたのがわかった。サディアスの体液が中に注がれている。このうえない喜びに浸りながら、エーリスも泣きながら何度目かの絶頂に達した。

体内のサディアスをぎゅうぎゅうと締めつけてしまう。その圧倒的な存在感に、あらためて感じてしまい、エーリスの体はいつまでもびくびくと波打った。

そのせいか、サディアスのそれは萎えることなく居座り、力強く脈打っている。

「エーリス」

もう一度いいか、と掠《かす》れた声で聞かれた。

「サディアスさま……」

重ねた唇は喜びに震えていた。身も心も好きな人のものになれたのだと思った。

◇

愛しい人が、自分の腕の中ですやすやと眠っている。幸せな朝だ。

寝台を覆う布はもう巻き上げられていて、カーテンの隙間から差しこむ朝日が、寝室をほのかに明るくさせていた。

サディアスは目が覚めてからずっと、飽《あ》きることなく、エーリスの寝顔を眺めている。

童顔のせいか、こうしていると子供のような愛らしい寝顔だ。しかし昨夜、しっかりと大人であることを証明してくれた。

華奢な首筋には、サディアスが吸った赤い痕《あと》がいくつも残っている。エーリスはいま全裸なので、布団をめくればもっとたくさん赤い痕を見つけることができるだろう。

長年の想い人と抱き合うことができたのだ。素晴らしい夜だった。

はじめてのエーリスにひとつずつ閨事を教えていくのは、無上の喜びだったし、なにごとにも素直なエーリスは体も素直だった。上手に感じてくれて、非常に愛撫《あいぶ》のしがいがあった。はじめての挿入行為にも快感を得ることができ、本当によかった。

できれば朝まで抱いていたかったが、エーリスの体力の限界がきてしまい、サディアスは三回で切り上げなければならなかった。

これが最初で最後というわけではない。今後はいつでも可愛がれるのだから、と自分を宥めて終わりにした。

そのときにはエーリスは意識を失うようにして深い眠りに入りこんでいて、国王の寝室に運ぶときも素早くできたし、体の汚れを落とすために入浴させたときも問題なく済んだ。

眠っていなかったらエーリスはいちいち騒いでいたことだろう。サディアスに抱き上げられて運ばれるなんて恐れ多いとか、国王の居室を使うなんて不敬にあたらないかとか。

(すこしずつ慣れていってもらわないといけないないな……)

急には無理だろうが、じょじょに環境に馴染んでいき、受け入れていってほしい。

そんなことを考えていたら、寝室の扉が控えめにコツコツと叩かれた。サディアスはそっとエーリスから離れて寝台を下り、全裸にガウンを羽織る。

扉を開けると、思った通りブロウがいた。

「陛下、そろそろ朝食のお時間なのですが、どうなさいますか」

尋ねながら、ブロウはサディアスの背後を気にしている。エーリスがこの部屋にいることを知っているからだ。

「エーリスはまだ寝ている。朝食は、そうだな、一刻後にしよう。昼まではゆっくりしたい。今日の午前の予定はすべて午後に回せ」

「かしこまりました」

眼を伏せて去ろうとしたブロウを、「ああ、もうひとつ」と呼び止める。

「エーリスの体格に合いそうな服を何点か用意してくれ。彼はそれほど衣類を持ってきていないだろう。仕立屋は明日呼んでくれ」

「エーリスの採寸ですね。今日の午後に予定した方がよろしいのでは？」

暗に急いで仕立てた方がいいと提案されたが却下《きゃっか》した。たしかにそうなのだが。

「今日は体を休ませてやりたい。昨夜はすこし無理をさせてしまったようだ。体力の差を考慮《こうりょ》しなかった私のせいだ」

そうですか、とブロウはいささか呆れた空気を醸《かも》し出《だ》した。この側近はサディアスに感情を隠さないと決めているらしく、わざわざ魔眼で見るまでもなくわかる。

「長年の片恋が実ったのだ。これからは、いままで以上に政務に励む。大目に見ろ」

「言われるまでもなく、もうじゅうぶん大目に見ております」

ブロウは頭を下げて去って行った。

「んっ……」

エーリスの声が聞こえて、サディアスは寝台を振り返る。起きたようだ。目をしょぼつかせながら周囲に視線を巡《めぐ》らせている。

「エーリス、おはよう」

「おはよう、ございます……」

上体を起こそうとしたエーリスだが、うまく体を動かせないらしい。サディアスが介助して、剝き出しの肩にガウンを羽織らせてやった。

「あの、ここは……？」

「私の寝室だ」

「陛下の？」

小首を傾げたあと、カッと目を見開く。

「こ、国、国王の寝室ということですか？　なんてこと！」

慌てて寝台から降りようとしたエーリスだが、やはり体が思うようにならないようで、へたりと両手を敷布につく。

「陛下、なんだか体が変です。主に下半身が、重くて動かせません」

「すまない。加減をしたつもりだったが、君にはかなりの負担を強《し》いてしまったようだ。あそこは痛くないか？　昨夜、始末をしたあとに見てみたが、切れてはいなかった」

「あそこ？　始末？　切れて……？」

きょとんと可愛らしい顔をしたあと、エーリスは真っ赤になった。なにか言おうとしたが言葉にならないのか、はくはくと口を動かしたあと、涙目になる。

（ああ、可愛い……）

動揺しているエーリスの中は、『最後の方を覚えていない、失礼な言動はなかっただろうか、寝ちゃうなんて最低、体をきれいにしてくれたのはもしかして陛下？』といった感情が浮いては沈み、弾けては萎むといった混乱状態だ。

けれどひとつも、サディアスへの文句はない。

昨夜の行為は、エーリスにとって悪い思い出にはならなかったようで安堵した。

「エーリス、昨夜の君はとても素晴らしかった。私はとても満足している」

「そ、そうなんですか？」

「いまからでも君が許してくれれば挑みたいくらいだ」

「えっ」

正直なエーリスは驚いて硬直する。嘘ではない証拠に、サディアスの体は半《なか》ば兆《きざ》していた。けれど初心《うぶ》なエーリスにとって、朝から明るい場所でいたすのは抵抗があるだろう。

このさき何十年も生活を共にするつもりなのだから、なにも練れた大人の遊戯《ゆうぎ》じみた性交を最初から求めなくともいい。ひとつずつ教えていこう、とサディアスは笑顔の裏であれこれと妄想を膨らませた。

「エーリス、朝のくちづけをしてもいいか」

「あ、はい」

背筋を伸ばしてぎゅっと目を閉じるエーリスは、『これが王室の朝の習慣なのか』と思っている。どこまでも初心で可愛くて、たまらない。

チュッと音をたててくちづけた直後だ。エーリスの腹がぐぅと鳴った。

慌てて両手で腹を押さえたエーリスは、耳まで赤くなり、上目遣いで「聞こえました？」と小声で尋ねてくる。

「聞こえた。朝食は一刻後とブロウに伝えたが、すぐにでも運ばせよう」

「え、でも、一刻後と決まっているなら……」

「いや、私も空腹なのだ」

じつはサディアスは昨日の夕食を取っていない。式典終了後に急いでエーリスが待つ客室へ移動したので、食事をする暇《ひま》がなかった。

そのあとで激しい運動をしたのだから、当然、空腹だ。サディアスは寝室のベルを鳴らしてブロウを呼び、朝食の準備を頼んだ。

「立てるか？」

手を引いて寝台から下りるのを手伝い、ガウンをきっちり着せてから隣の部屋へ行く。

「僕の服はどこですか」

「あとでブロウが届けてくれる」

隣室では、侍従たちがダイニングテーブルに素早くクロスを広げ、カトラリーを並べていた。

二人分の食器が用意されているのを目にして、エーリスが足を止めた。

「あの……もしかして、僕もここで陛下と食事を？」

「そうだが」

エーリスの顔が強張った。

「平民の僕が、陛下と食卓を供にするなんて、そんなことできません」

拒絶されて唸《うな》った。ここで躓《つまず》くとは。

侍従たちの手が止まっていた。

「エーリス、いまさらなにを言っている。いままで何度もお茶の時間に招待したし、私たちはもう――」

「お茶と食事はちがいます。それに、一夜、伽を務めただけで、こんな……思ってもいませんでした」

つけ上がる、という言葉を知らないエーリスは、国王の寵愛《ちょうあい》をその身で受けても変わらないわけだ。サディアスとしては、もうすこしつけ上がってほしいくらいなのだが。

侍従たちをいったん下がらせ、二人きりになった。

「エーリス、よく聞いてくれ」

肩を抱き寄せ、俯いてしまったエーリスの髪にくちづける。

「君はいま、一夜の伽と言ったが、私は昨夜だけで終わらせるつもりはない。愛していると言っただろう。君にそばにいてほしいとも言った。あれはその場だけの睦言《むつごと》ではない。私の本心だ。君は私の言葉を、軽く考えていたのか?」

「まさか、そんなことありません。でも……」

縋《すが》るようなまなざしに、愛しさが募《つの》る。

「君は私が唯一愛する人だ。たしかに平民だし、さらに男でもある。それでも君以外の伴侶は考えられないから、私は生涯結婚しないと正式に宣言するつもりだ」

　エーリスの目が大きく開かれ、泣きそうに歪められた。

「陛下……」

「先に言っておこう。君のせいではないから、責任を感じる必要は無い。すべて私が決めたことだ。私の後継は、姉たちの子だ。なんとかなるから、それは心配しなくていい。後宮の側室候補たちは、全員、例外なく実家に帰す。そして君は今日から王妃の部屋で暮らす。マグボンラオール村の人々には別れの手紙を書きなさい」

　段階を踏んで説明しようと思っていたのに、なんとかエーリスを説得したくて矢継ぎ早に重要事項を話してしまう。

「私は君を離すつもりはない。今後は王妃に準ずる扱いの愛妾という身分になる」

「僕が、愛妾……？」

「扱いは王妃だ。落ち着いたら王妃教育を受けてもらう。愛妾という呼び方が気になるなら、考えよう。なにか質問は？　ないなら食事にしようか」

「陛下、本当に僕が陛下の？」

「そうだ。不満か？」

　慌てたようにエーリスは首を横に振る。否定してくれてよかった。

「細かいことは、おいおい話し合っていこう。とりあえず朝食にしないか。空腹状態では、ろくな考えが浮かばない」

「…………」

まだエーリスは躊躇っている。

「どうしてもここで私と食事ができないと言うなら、仕方がない、今朝は別にしよう。けれど君が使っていた客室はもう片付けられているし、侍従や下働きの者たちとおなじ扱いにはできない。王妃の部屋で、ひとりで食事をすることになるが、いいか?」

「それは……嫌です」

ぽつりとこぼされた言葉は真実だ。

「僕は陛下のお気持ちを信じています。でもまわりの人たちがなんと言うか――」

「なにを言われようとも、私の愛は変わらない。君のことは私が守る。だからまだはじまったばかりの新しい関係を、いまの時点で拒まないでくれないか」

二人の前に立ちはだかる、いくつもの困難はすでに予想できている。けれどサディアスはエーリスに関することでなにひとつ妥協《だきょう》するつもりはなかったし、国を見捨てるつもりもなかった。国王としての責務は全うする。

ピピピと小鳥の鳴き声が聞こえた。

「あ、僕の小鳥」

窓際に置かれた鳥籠の中で、緑色の小鳥がさえずっている。エーリスはゆっくりとした歩みで近づいていき、じっと見つめた。

「陛下、いまからこの子の魔法を解きたいのですが、いいですか？」

「どんな魔法がかけてあるのだ？」

「村との連絡用に、一瞬で帰れるようにしてありました」

そんなことができるのか、とサディアスは驚いた。

エーリスは鳥籠の上に両手をかざし、静かに呪文を詠唱しはじめる。サディアスには意味がわからない。とうに失われた古《いにしえ》の言葉なのかもしれない。

長い詠唱が終わり、小鳥がふわりと白い光を放つ。驚いたことに、小鳥は緑色ではなくなっていた。白い羽の先だけが茶色っぽい、ありふれた野鳥だ。

「こんな色の小鳥だったのだな」

「魔法をかけるとき、翡翠のような緑色にしてしまったのは、無意識でした」

エーリスがどれほどサディアスのことを想ってくれていたか――胸が締めつけられるような愛しさがこみ上げてくる。

「協力してくれて、ありがとう」

エーリスは声をかけながら、鳥籠の蓋を開けた。小鳥はきょろきょろと辺りを見回してから外に出てくる。鳥籠のてっぺんにとまり、つぶらな瞳でしばらくエーリスを見つめていた。

「外に放つのか？」

「はい」

サディアスが窓を開けてやると、小鳥は元気よく羽ばたき、空へと飛び出す。あっという間に見えなくなった。その方向を、エーリスは心配そうに眺めている。

「住んでいた森に帰れるといいんですけど」

「鳥には帰巣本能がある。帰れるだろう」

君も帰りたいのか、とは聞かなかった。エーリスの心は、ちゃんとサディアスに寄り添っている。信じていきたい。

「ジラの死を隠していた罪は、どうなりますか?」

振り向いたエーリスは気遣わしげだ。

「いま放した小鳥は、緊急の連絡用でした。村の一部の人たちは、陛下を騙していた罪を問われることが、なによりも恐怖だったんです。僕が咎められるていどならいいんですが、もし村人たちに連帯責任を取らせるといった話になったら逃げるしかないと、悲痛な決意を固めていました。そうなったとき、僕がさっきの鳥を放して、村に危機を教えることになっていたんです」

たったひとりでエーリスを王都に向かわせただけでなく、いざとなったら逃げるつもりだったのか。その一部の村人とは、おそらく村長と年寄りたちだろう。

サディアスは「おいおい考えよう」と冷静さを装いつつ、卑怯《ひきょう》な村人たちに腹を立てた。

いつかその村人たちに意趣返しをしたい。

なにをしてやろう、と黒いことを考えながら、「エーリス、食事にしていいか?」と優しく尋ねる。「はい」と頷いたエーリスの中には、決意が浮かんでいた。

サディアスの想いを大切にしていきたいという気持ちが、ひしひしと伝わってくる。

「村長と副村長宛に、手紙を書きます。今回の顚末《てんまつ》と今後のこと、いままでのお礼を」

「そうだな。私からも書こう。そしてまずは、文官の中からマグボンラオール村の担当者を決め、今後の援助についても早急に詰めた方がいいだろう」

「お願いします」

「愛している、エーリス」

「僕もです」

きつく抱きしめあい、くちづけた。瞳をあわせて、微笑みあう。

ベルを鳴らして侍従を呼び、準備の続きを頼んだ。エーリスを促してテーブルにつく。

二人でとる、はじめての朝食だ。朝日が満ちる部屋で、可愛いエーリスの笑顔を眺めながら食事ができる喜び。

この幸せを守るために、精一杯の努力をしていこうと思うサディアスだった。

王は癒《いや》しの
寵《ちょう》妃《ひ》を
溺《でき》愛《わい》する

ふっと意識が浮上し、エーリスは夜の眠りから覚めた。やわらかな枕の感触が気持ちいい。まだ起きたくないような気がして、ごそごそと寝返りを打つ。しっくりくる体勢になってひとつ息をついたとき、前髪になにかが触れた。ハッとして目を開けると、視界いっぱいに手があった。

「起こしてしまったかな。エーリス、おはよう」

手が退いて、サディアスの優しい笑顔が近づいてくる。癖《くせ》のないさらりとした金髪が、寝台を囲む布の隙間から差す朝日にきらりと光った。いつのまにか、寝室のカーテンは侍従たちの手によって開けられたらしい。国王の寝台だけが、まだ夜の名残《なごり》に包まれていた。

「お、おはよう、ございます」

エーリスはサディアスの美貌《びぼう》にドキドキしながら朝の挨拶《あいさつ》をした。右の青い瞳と、左の金色の瞳が、じっと見つめてくる。左の目が一瞬だけ銀色に変化した。真実を見ることができる魔眼。サディアスがエーリスのなにかを見極めたいと思ったらしい。

エーリスはサディアスになにを探られても嫌ではないし、困らない。自分のすべては、この人のものだからだ。

「いま、僕のなにを見たのですか？」

「君が心身ともに健康かどうかだ。昨夜、私はまた自分を抑えきれずに君を求めてしまったからね」

そんなふうに言われて、エーリスはかーっと顔を熱くした。

「どこか痛いところはないか？」

「……ありません」

「本当に？」

「ご存じでしょう？」

恥ずかしくて拗《す》ねたように唇を尖《とが》らせたら、サディアスは笑顔でくちづけてきた。チュと音を立てられて、よけいに恥ずかしい。

「エーリスはなかなか慣《な》れないね。まあ、そこが可愛《かわい》いのだが」

ふふふと笑いながら抱き寄せられ、寝具の中ですこし戯《たわむ》れる。二人とも簡素な意匠《いしょう》の寝衣を身につけているが、エーリスは自分で着た覚えがなかった。たぶんサディアスが着せてくれたのだろう。

晩秋の朝、暖炉《だんろ》にはまだ火がいれられていない。ほんのすこし肌寒い。こうして寝具にくるまって二人でくっついていると暖かくて幸せな気分になれる。

エーリスが王城内の王の部屋で暮らすようになってから、もう十日ほどが過ぎた。

毎晩のように伽《とぎ》を求められ、エーリスの体はすっかり抱かれることに慣れてしまった。若さゆえか、覚えるのは早かった。

なにも知らなかった無垢《むく》な体は、男に組み敷かれてくちづけられれば蕩《とろ》け、胸の飾りを弄《いじ》られれば陰茎を固くしてしまうようになった。さらにそこまでされたら後ろの窄《すぼ》まりが疼《うず》いてたまらなくなり、そこに熱くて固いものを挿入《そうにゅう》して、大量の体液を注いでもらわなければ鎮《しず》まらなくなったのだ。

「今朝《けさ》は立てそうか」

「はい、たぶん大丈夫です」

回数を重ねるにしたがって、翌朝腰が立たなくなるほどの症状は出なくなった。しかし――。

「どうした？　なにか気に病むことがあるのか？」

「……いえ、なにも……」

昨夜の濃厚な交わりを思い出すと、尻《しり》の奥が落ち着かなくなってくる。あれほど愛してもらったのに、朝になってみればまた夜が待ち遠しくなっているのだ。サディアスの屹立《きつりつ》を難なく受け入れることができるようになったのはよかったのだが。

「どうした？　私に隠しごとはするな。なにか思うところがあるなら言いなさい」

「あの、じつは、僕の体はどうもおかしくて」

「どこがどう、おかしいのだ」

「陛下に抱、抱いていただけて、その、とても嬉しいんですが、日に日に快感が増しているような気がするんです」

「ほう」

「もうこれ以上の快楽はないと、毎晩思うんです。それなのに、もっとしてほしいと望んでしまうんです。おかしいですよね？　病的ではないでしょうか。こういう症状は、俗に言う、い、淫乱《いんらん》、というのではありませんか？」

サディアスがどんな表情をしているのか怖くて見られない。ぎゅっと目を閉じて告白した。

「隠していて、すみません。でも陛下にこんなことを打ち明けて、嫌われたらと思うと言えなくて……。でもあの、誤解しないでください。僕は陛下との閨事《ねやごと》がきらいなのではありません。むしろ、その、大好きです。だからこそ、どうしたらいいか――」

くくく、とサディアスの笑い声が聞こえてきて、エーリスは目を開いた。間近にあるきれいな顔が楽しそうに笑っている。

「君が淫乱……。朝から楽しい告白を聞かせてもらったよ」

「陛下？」

「私に抱かれるのは嫌ではないのだな？　むしろ好きだと」

こくん、と恥じらいながら頷く。前髪を優しくかき上げられ、額にチュとくちづけを受けた。

「君が私の愛撫《あいぶ》に感じてくれているのなら嬉しい。淫乱は大歓迎だ。もっと感じてくれ。してほしいことがあればなんでも言ってくれ」

「え、でも……」

「淫《みだ》らに私を誘うエーリスをぜひ見てみたい」

そんなことを言われて困惑した。

「もともと君はとても感じやすい体をしていた。最初から敏感だったが、夜を重ねるたびに私好みの体になっている。毎晩君を求め、興に乗った私が二度、三度と挑み、前後不覚にさせられることを、君はなんだと思っていたのだ？」

「……閨事がお好きなのかと……」

「君との閨事が好きなのだよ」

ふふふ、と微笑《ほほえ》みながらエーリスを抱きしめてくる。

「君は感じすぎると朦朧《もうろう》としてしまう。そしてすべてが終わったあとはだいたい前後不覚になっていて、指一本を動かすのさえ不可能だ。くたくたになった君は、私に浴室へ運ばれてもぼうっとしていることが多い」

「も、申し訳ありません」

「いや、そんな君の後始末をするのは、私の楽しみのひとつなのだよ。可愛いエーリス」

そうなのだ、エーリスは毎晩、サディアスに後始末をされている。

侍従に任せず、みずから愛妾《あいしょう》の体を清める王など、あまりいないようなのだが、サディアスは他の男がエーリスに触れるのは許せないとはっきり言った。エーリス自身も、他人に世話をしてもらう生活は経験がないので、恐れ多いことだとわかっていてもサディアスが始末をしてくれるのならその方がいいと思った。

獣の王と狼面の番
奥田枠
巻頭カラー♥
偽《いつわ》りの番《つがい》・リカナを脱ぎ捨て、
ゼンのそばを
はなれたシーアだが……!?
akabeko
大麦こあら
かさいちあき
左京亜也
志水ゆき
須坂紫那
琢磨
露久ふみ
灰田ナナコ
春田
松本 花
南月ゆう
同棲《どうせい》に向け、
心配ごとのつきない湊《みなと》。
でも静真《しずま》が
いてくれれば大丈…夫?
セラピーゲーム リスタート
日ノ原 巡
表紙で登場♥
カラーつき新連載♥
不器用《ぶきよう》で愛《いと》しい、龍《りゅう》×歩夢《あゆむ》の恋♥
「ハツコイノオト」スピンオフ!
あめきり
「レンアイサイド」
リレーエッセイ「モエパラ☆」依子
カラーつき「旅BL」読み切り♥
並榎 雫
「モトカレオタク(仮)」
2号連続特集企画♥ 第1弾のテーマは…
「旅BL」特集
特集カラーイラスト 初登場! ウノハナ/那木 渡
特集コミック&ショート 青山十三/白崎ナベ 瀬戸うみこ/立野真琴
ほか、アンケート集計結果大発表など企画満載♥(カット:猫野まりこ)
ディアプラス
Dear+ 11 2022
恋愛至上主義★ボーイズラブマガジン!!
10.14 [Fri] ON SALE
毎月14日発売/予価814円(本体740円+税)
表紙イラスト:日ノ原 巡
※予告は一部変更になることがあります。
希望者はもれなくもらえる♥全プレペーパー ※送料負担あり。
DEAR+ Paper Collection:白崎ナベ
SHINSHOKAN https://www.shinshokan.com/comic/
ディアプラス シェリプラス編集部 Twitterアカウント
@dear_plus_

大増ページ特大号！！
表紙で登場☆超人気連載!!
キヅナツキ
ギヴン
巻頭カラー☆新連載!!
猫野まりこ
貴族は天使の蜜を乞う
カラーつき☆大反響連載!!
ユキムラ×一穂ミチ
イエスかノーか半分か
スペシャルピンナップ2022第5弾！
コウキ。
君の名はアイドル
カラーつき☆新連載！！
※イラストは仮のものです
鳴坂リン
本誌初登場☆
斉川冬
ガーメント！
カラーつき☆新連載！！
Chéri+ Paper Collection：七瀬
奇数月30日発売
2022 11
シェリプラス
Chéri+
NOW ON SALE
極上の愛に酔うBLマガジン
あずみつな／アマミヤ／あらた六花／石原 理
えむえむお／サノアサヒ／千代崎／露久ふみ
鶴亀まよ／夏目イサク／七瀬／なりた晴ノ
ひつじま羊／山田ノノノ
ショートコミック 氷室 雫／堀江蟹子
コラム すず屋。
ドラマCD「手を伸ばしたら、つばさ」アフレコレポート…山田ノノノ
イラストリレーエッセイ『萌えモノ語り』：鳩屋タマ
特別定価 847 円（本体 770 円+税） ※一部変更になる場合があります。
ハッカプラス編集部 Twitterアカウント @hakkaplus
小説ディアプラス編集部 Twitterアカウント @n_dearplus
ドラマティック＆♥な、ボーイズ・ラヴ・ノヴェル!!
COVER ILLUSTRATION：小山田あみ
小説ディアプラス
Dear+ アキ 2022 AUTUMN
特別定価：968円（本体880円+税）
3.6.9.12月の20日発売
第64回 小説ディアプラス・ペーパーコレクション
切江真琴
NOW ON SALE!
久我有加×千野ち
海野 幸×羽純ハナ
小林典雅×須坂紫那
秋の大増ページ特大号!!
菅野 彰×麻々原絵里依
砂原糖子×街子マドカ
モノクローム・ロマンス
ヘッカ・シーモア×Dite（訳：冬斗亜紀）
カラーつき♥幼なじみ♥本誌初登場♥
切江真琴×橋本あおい
弟分の友也《ともや》に“ムラムラする”と気づいた悠紀《ゆうき》は、彼と距離を置こうとするけれど……？
ショートストーリー
木原音瀬×カズアキ
BL小説大賞トップ賞作品
佳澄×鷹丘モトナリ
年に一度の特集号！今年のテーマは……
幼なじみ（カット：松本 花）
☆豪華作家陣によるアンケート回答結果大発表
☆テーマエッセイ：高尾理一
☆おすすめ作品紹介
などなど、企画もりだくさん♥
♥巻頭カラー♥幼なじみ
月村 奎×木下けい子
恋愛小説ユニットを組む夏生《かお》と洸史郎《こうしろう》。夏生には洸史郎だけが全てだったけれど……？
萌え映画♥エッセイ
大木えりか×山田睦月
コミック
麻生 海（原作：月村 奎）
松本 花
林らいす
♥カラーつき♥後編
栗城 偲×篁ふみ
パラレルワールドに転生してSubとなった幹人は、同僚の梁川と便宜的にパートナー関係を結ぶが……？
ちょっぴりオトナな電子書籍新レーベル Hakka+《ハッカプラス》
毎月第1金曜日、電子書店で配信中!!
「濡れ肌にキス」
よも灯
「キスとスキのあいだ」
コミックシーモアにて10/7～第1話先行配信！
薄井《うすい》いろは
「眠れぬ美男とたわわな獣」
杜鳴《となり》ひなき
「泉くんのサディスティックは終わっている」
藤峰《ふじみね》式《しき》
梅本ガチコ
えむえむお
奥田 枠
志水ゆき
高野 弓
千野 ち
Dite
長与エリ子
夏目イサク
貫井ゆな
猫野まりこ
半割
ふさすぐり
ミキライカ
水谷 侍

「エーリス、しっかり食事はしているか？　なかなか太らないな」

サディアスが寝衣の上からエーリスの体に手を這《は》わせてくる。くすぐったくて笑った。

「食べていますよ」

「朝食と夕食しかともにできない。昼食は？」

「ブロウさんから報告を受けているはずです。きちんと食べています」

自分では痩《や》せていると思っていないのだが、サディアスと宮廷医師はもう少し太った方がいいと言う。たしかにエーリスは小柄《こがら》だし、王都に来るまでは粗食だった。けれど故郷の村では、みんな似たような食生活だった。

「でもここだけは、わずかにふっくらして柔らかくなったような気がする」

「わっ」

大きな手で尻を鷲掴《わしづか》みにされて揉《も》まれ、エーリスは慌てた。夜の営《いとな》みを彷彿《ほうふつ》とさせる手つきに、体中の血がざわめいてしまいそうだ。

「陛下、やめてください。困ります」

「どうして困る？　私は触っているだけだ」

「あ、んっ」

朝からあやしい気分になってしまう。早めに目覚めたときに、おたがいの性器に触れ合ったことはある。しかし、今朝はそんな余裕がないのではないだろうか。いま何時だろう。サディアスは執務があるので、そろそろ――。

「おはようございます」

唐突に寝室の扉が開いて、側近のブロウの声が聞こえた。エーリスは急いでサディアスから離れようともがくが、すぐには離してもらえない。

「ブロウ、空気を読まないやつだな」

「もうじゅうぶん読みました。そろそろ朝食を召し上がっていただかないと、朝議の時間に遅れます」

「私は国王だ。大臣たちなど待たせておけばいい」

「思ってもいないことを言うものではありません。さあ、とっとと起きてください」

寝台の天蓋《てんがい》からかけられている布を容赦《ようしゃ》なく開かれ、エーリスはあたふたと寝具から抜け出た。サディアスはため息をつきながらも寝台から下りる。二人とも寝衣の上にガウンを羽織り、隣の部屋に移った。入れ替わりに侍従たちが何人か入ってきて、素早く寝台を整えはじめる。いつもながら統率がとれた動きだなと、エーリスは感心した。

テーブルにはすでに朝食の用意がされていた。国王と二人きりで食事をすることには、ずいぶん慣れてきた。初日はカチコチに緊張してしまい、嚙むこともできず飲みこむように食べていたくらいだったが、いまでは良質な素材を味わうことができている。はやく慣れるように、エーリスは努力した。寝食をともにすることは、サディアスの願いだったからだ。

笑顔で朝食を終えると、着替えのために二人で衣装部屋に行く。エーリスも貴族の子弟が着るような普段着に替えて、仕事に行くサディアスを見送った。

「さて……」

部屋にひとり残され、エーリスはため息をつく。

王の部屋は、寝室と浴室、衣装部屋、居間と前室から成《な》っている。居間からは中庭に出ることができた。エーリスはいま、この狭《せま》い範囲にかぎり、行動の自由が認められている。

廊下には近衛《このえ》騎士が交代で立ち、エーリスが外に出ないように見張っていた。同時に、不審者を中に入れないように警戒もしている。つまり軟禁《なんきん》状態だった。

国王の寵《ちょう》を受けてから十日。エーリスの処遇がまだ決定されていないせいで、王城内を歩きまわり、不特定多数の人間に姿を見られないようにとブロウにきつく言われていた。

サディアスはエーリスに愛を告げたとき、「生涯結婚しない」と宣言し、「王妃に準ずる愛妾という身分になる」と言った。そのとき、エーリスは正直、それは無理ではないかと思った。

彼の愛情を疑ったわけではないが、エーリスは捨て子で親がどこのだれか不明の平民なうえ、魔女に育てられた男だ。一夜の伽ならまだしも、永続的な関係が許されるはずがない。

けれどサディアスは本気だった。

「なにを言われようとも、私の愛は変わらない。君のことは私が守る。だからまだはじまったばかりの新しい関係を、いまの時点で拒《こば》まないでくれないか」

そんなふうに請《こ》うように説得されて、王の部屋に留まることにした。サディアスは連日、執務の合間に重臣たちとエーリスについての話し合いを続けているらしい。

エーリスは王妃に準ずる愛妾の座など望んでいない。豪奢《ごうしゃ》な生活もいらない。国政に口を出す気などカケラもない。ただ会いたいときにサディアスに会える立場と環境がほしかった。

いつ終わるともしれない軟禁生活ではあったが、中庭に出て太陽の光を浴びることはできたし、ブロウに頼んで王城の書庫からたくさん本を運び入れてもらった。いまのところ閉塞感《へいそくかん》はそれほど抱《いだ》いていない。

それに、日が暮れればサディアスが帰ってきてくれるとわかっている。

おかえりなさいと出迎えて、一日中ずっと会いたかったとくちづければ、それだけでエーリスは幸せだ。サディアスの笑顔が見られるのならば、エーリスは彼の望むままにここでじっとしていようと思う。

今夜もきっと伽を求められるだろう。淫乱は大歓迎と言ってもらえて憂《うれ》いが晴れた。閨事のことをいろいろと思い出していたら、顔が火照《ほて》ってきた。朝からなにを考えているのか。サディアスはいまごろ朝議の最中だろうに。

「昨日の続きを読もう」

居間の文机《ふづくえ》の上には十冊ほどの本が置かれている。その中から一冊取り、窓際のカウチに腰掛けた。膝の上で本を開く。植物図鑑だ。ジラが所持していた図鑑の倍以上の厚みがあり、挿《さし》絵《え》と情報量が豊富で、なによりもあたらしい。エーリスが知らない植物がたくさん掲載されていて、面白《おもしろ》かった。エーリスは晩秋の陽光を浴びながら、ゆっくりと図鑑を楽しんだ。

それからどれくらい時間が過ぎただろう。

「エーリス様」

図鑑に夢中になっていたエーリスは、声をかけられてハッと顔を上げた。

すこし離れた場所に若い侍従が立っている。王の部屋付き侍従のひとりだ。無表情でこちらを見ている。侍従というのは感情を出してはいけない仕事なのか、サディアスの部屋で寝起きするようになってから、身の回りの世話をしてくれる侍従たちはみんな表情がない。口調も冷たいように聞こえる。サディアスに対してはこれほど冷淡ではないように感じるが、気のせいだろうか。

「昼食の用意が整いました」

「あ、もうそんな時間？　ごめんなさい、つい没頭《ぼっとう》してしまって」

居間のテーブルに一人分の食事が置かれていた。朝食と夕食はサディアスとともにするが、昼食だけはエーリスがひとりで食べる。

ほぼ毎日、昼はパンと具沢山のスープというメニューだ。パンはひんやりとして固く、スープは味が薄い。具材そのものの味が楽しめるという言い方もできるが、根菜の中にはきちんと火が通っていないのか芯《しん》が硬いものもあった。

あきらかにこの昼食は王族用ではない。王城で働く使用人用に作られたものだろう。けれどエーリスは黙って食べた。村では天候不順のせいで収穫が少なかった年は、一日二度の食事すら難しいときもあった。ほとんど具のないスープで空腹をごまかしたこともある。塩が届かず、茹《ゆ》でただけの味のない芋《いも》で数日すごしたこともある。それを考えれば、多少の生煮えと薄味なんて気にならない。

部屋の隅からさっきの侍従がじっと見つめている。まるで監視するように。

エーリスはすべて食べ終え、「ありがとうございました」と笑顔で礼を言った。侍従は頷いただけで、無言のまま食器を片付ける。

ふたたびエーリスは窓際のカウチに腰を下ろした。膝の上に図鑑を置き、しおりを挟《はさ》んでいた頁《ページ》を開く。そうしてサディアスが執務を終えて帰ってくるまで、おとなしくしていた。

◇

なかなか進展しない話し合いほど、精神力を使うものはない。

激高して席を立たないでいられるのは、愛するエーリスが部屋で待っていて、夕方になれば会えるとわかっているからだ。あの愛《いと》しい子を抱きしめることができる。そう思うだけで、活力が湧いてくるのだ。

「陛下、最大限譲歩《じょうほ》して、その平民の男を後宮に入れてもいいでしょう。けれど、正式に愛妾の立場を与えるのはどうかと思います」

サディアスの前で顔をしかめているのは、小太りの内務大臣。その横で頷いているのは、豊かな黒い口髭《くちひげ》の外務大臣。どちらも前王から役職を得ている大貴族だ。

国政を担《にな》う大臣はほかにも数名いるが、サディアスは何組かにわけて個別に話し合いの場を持っていた。比較的若い者はサディアスの一途な想いに心を寄せてくれるが、年寄りたちは一様に反対している。とくにこの二人は難しかった。

「愛妾どころか、陛下はその男に王妃に準ずる地位を与えたいと仰《おお》せになる。歴史あるカルヴァート王家を貶《おとし》めるにもほどがありますぞ」

「その男は捨て子だとか。まともな教育を受けていないのでしょう？　地位など与えて、もし国政に口を出されたらどうするのですか。いままで縁がなかった宝石や金塊《きんかい》に目が眩《くら》んで浪費されたら？　王家の危機ですぞ」

「国を背負う立場の陛下が、愛に生きたいなどと甘いことを口にするとは。いやはや」

二人の大臣は口を揃《そろ》えてサディアスとエーリスを責めた。

「何度も言っているだろう。エーリスはおまえたちが想像するような俗っぽい欲望を持っていない。素朴《そぼく》な青年なのだ。そうした性質を、私は好んでいる。彼以外に私にふさわしい伴侶《はんりょ》はいない」

「素朴ゆえに無知なのでしょうな。悪い輩《やから》に、簡単に取り入られてしまいそうです」

「その点は、私とブロウが目を光らせる。だいたい、私はいくら愛する存在に懇願《こんがん》されても、自分の良心と知識に則《のっと》った政《まつりごと》しかしない」

「侍従長はどう考えているのかな」

内務大臣が会議室の隅に立っている侍従長シメオンに意見を求めた。

室内にいるだれよりも年長のシメオンは、頭髪がほとんどなく白い顎鬚《あごひげ》を生やした男だ。祖父王の時代から侍従として仕《つか》えており、父王とは強い信頼関係で結ばれていた。なによりも規律を重んじる堅物《かたぶつ》として有名だった。意見など、あらためて聞くまでもない。

「陛下には、すみやかに、しかるべき高貴な血筋の女性と、ご結婚して世継ぎをもうけていただきたいと思っております」

案の定《じょう》の答えだ。エーリスと相愛の関係になる以前から、サディアスは結婚するつもりがないと公言しているというのに、まだそんなことを言っている。

「シメオン、私は姉たちの子の中から王太子を選びたいと、まえから言っている」

「陛下はまだ三十歳です。後継ぎはこれからいくらでも作れるでしょう。前王のロデリック様は、陛下を授かったとき四十歳にお成りでした。大丈夫です。わたくしが選りすぐりの美姫《びき》を連れて参りましょう」

そういう問題ではない。

「どれほどの美姫を連れてこられても、私は相手にしないぞ。私はエーリスだけをそばに置きたい」

「それほどおそばに置かれたいのならば、侍従にしてはどうでしょう。成人しているらしいので小姓にはできません。陛下の部屋付き侍従にすれば、毎日でも顔を見ることはできます」

「私は彼を使用人にしたいわけではない。伴侶としてそばにいてもらいたいのだ」

侍従などにしてしまったら、エーリスは絶対にいじめられるだろう。

王城で働く侍従と侍女は、だれもが王族に気に入られようと努力している。目をかけてもらえれば出世が見込めるからだ。王族から宝飾品や嗜好品《しこうひん》を下賜《かし》されることもある。

それなのに最初から王の寵を受けているエーリスが侍従になったら、ほかの侍従たちの嫉妬《しっと》と羨望《せんぼう》を一身に受けることになってしまう。侍従長のシメオンがエーリスを庇護《ひご》してくれるならまだしも、その気はまったくなさそうだ。

そんな苦労を、エーリスにさせるわけにはいかない。彼が望んだとしてもだめだ。

「しかし男が相手では子ができません」

たしかに国王が抱《かか》える責務のひとつに、後継ぎをもうける、という項目があるのは事実だ。

しかし、カルヴァート王家の長い歴史の中で、子供に恵まれなかった国王は何人もいる。そうしたときは、素質のある王族の子を選んできた。直系男子でなければならないという決まりはない。ふさわしい男子がいなければ女子が即位したこともあった。

サディアスが姉たちの子から選んでも、まったく問題はないのだ。

エーリスの性根《しょうね》をよく知ってもらえたら、ここまで強硬に反対されないかもしれないが、サディアスはこの年寄りたちと彼を会わせることには慎重《しんちょう》になっていた。エーリスを傷つけたくないからだ。

親はなくとも、エーリスはジラに大切に育てられた。村の女性たちにもよくしてもらったという。そんな彼の純真さ、柔らかな心を、この年寄りたちが罵詈雑言《ばりぞうごん》で踏みにじるのは目に見えている。愛するエーリスを悲しませて、泣かせたくなかった。

かといって、いつまでも王の部屋に閉じこめておくわけにはいかない。

サディアスが大臣たちの意見を無視してエーリスを愛妾として抱えこむことはできるが、その場合は臣下《しんか》たちとの仲に亀裂が生じるだろう。今後の国政運営を考えると、古参の大臣たちとの決定的な断絶は避けたい。大貴族はそれなりの人脈も持ち、発言力が大きいからだ。

侍従長シメオンもおなじく、王宮内での権力者のため怒らせたくない人物だ。大臣たちとちがい国王の権限で解雇することは可能だが、シメオンに長年従ってきた侍従たちが反旗《ひるがえ》を翻したら面倒なことになる。

それに、父が重用した人物を、蔑《ないがし》ろにはしたくない気持ちがあった。

「陛下は生粋《きっすい》の男色家ではないはずです。いまは珍しい玩具《がんぐ》に夢中になっているだけではありませんか」

真顔でシメオンがふざけたことを言う。内務大臣が少し突き出た腹を揺らして笑った。

「そうそう、陛下は女好きでした。数年まえまでは、醜聞《しゅうぶん》がちらほら聞こえてきましたよ。最近は聞きませんが、もう枯れたわけではないでしょう？　私だって毎晩とはいかないが、愛人たちと充実した私生活を送っていますよ」

「とりあえず侍従長が選んだ美姫と一夜を共にしてみたらどうでしょう。目が覚めるのではないですか」

だれもサディアス自身の幸福など考えていない。どうしてエーリスを愛したのか理解しようともしない。ただの子作りの道具だとでも思っているのか。

（私は王冠をかぶった種馬ではない！）

思いきり怒鳴りつけてやりたい。けれどここで冷静さを失ったら、魔女の弟子に心を奪われ、操られていると悪評を蒔《ま》かれるに決まっている。サディアスは頭の中で数をかぞえた。

「おまえたちの意見はわかった。今日はここまでにしよう」

サディアスが静かに言いながら立ち上がると、大臣たちも席を立つ。

「陛下、この不毛な話し合いはまだ続くのですか。私も暇《ひま》ではないのですが」

「われわれの意見がひるがえる日は来ないと思いますよ」

内務大臣と外務大臣を順番に見つめ、サディアスは微笑んだ。

「わかってもらえるまで続く、と言いたいところだが、たしかにこのままでは時間の無駄だ。

私は妥協点《だきょうてん》を探りたい。エーリスの処遇《しょぐう》について私の要望はすでに伝えてある。おまえたちは断固拒否という出発点から、いくらか譲歩できる部分を見つけだしてくれないだろうか」

「譲歩、ですか」

ふむ、と内務大臣が考えこむ顔つきになる。

「シメオンも、父が四十歳で私を授かったのなら、あと十年待ってほしい」

えっ、とシメオンが意表を突かれた表情をした。

「エーリスと私の関係が十年続かなければ、そのときは女性と結婚しよう。ただ、運よく授かるかどうかはわからないので、平行して姉たちと連絡を取りたい。いいか?」

シメオンは無言で頭を下げた。

サディアスは意図的にゆっくりとした歩調で会議室を出る。国王としての威厳《いげん》を損なわないようにふるまっていたサディアスだが、我慢できていたのは執務室に入るまでだった。

「お帰りなさいませ」

待っていたブロウが、自分の作業用の机から離れて近づいてくる。

「お茶をお淹《い》れしましょうか」

「十杯くらい一気飲みしたい気分だ。クソッ」

苛立《いらだ》ちまぎれにキャビネットを蹴る。書類がたっぷり入った木製の家具は、それしきではビクともしなかった。

「あの堅物ジジイたちはどうにかならないのか！　私だけならまだしも、エーリスまで貶《けな》しまくった！　私のエーリスを！　あんなにいい子を！」

思いの丈《たけ》をぶちまける。執務室は壁と扉が厚く、防音がしっかりしているとわかっていての行為だ。

「前例がないことがなんだ。私は国王だ。私がいいと言っているのだから従え。エーリスを愛妾にしてなにが悪い。私が個人的な幸福を求めてどこに支障が出るというのか。生涯をかけて国のために働く決意は変わっていない。エーリスをそばに置いたからといって怠《なま》けるつもりは微塵《みじん》もない。むしろエーリスがいてくれた方が心安らぐから、いっそう執務に励《はげ》めるだろう。どうしてわかってくれないのだ」

押しこめていた鬱憤《うっぷん》を言葉にして吐き出し、サディアスはソファに身を投げ出した。会議室では座っていただけなのに、ものすごく疲れた。ぐったりだ。

「どうぞ」

ブロウがティーカップをテーブルに置いてくれた。緩慢《かんまん》な動作でカップを取り、熱いお茶を飲む。香り高いお茶が喉を通っていくにつれ、すこしずつ高ぶっていた神経が鎮まっていくのが感じられた。喉が渇《かわ》いていたこともあり、続けて二杯飲んだ。

ふう、といったんカップを置いて、息をつく。

「陛下」

ころあいを見計らっていたのか、ソファの横に立ったままだったブロウが呼びかけてきた。

「なんだ」

「私の考えを述べてもよろしいですか」

「聞かせろ」

ポットから三杯目をカップに注ぎながら、「まず」とブロウが口を開く。

「陛下は性急にことを進めようとしすぎていると思います。エーリス殿がこちらに来てから、まだ十日です。陛下にとっては長年の想いがやっと成就《じょうじゅ》したわけですが、そうした事情を知っているのはエーリス殿と私だけです。侍従長も知りません」

「だが、エーリスをいつまでも閉じこめておくわけにはいかないだろう」

「彼は軟禁生活を受け入れています。頭がいいうえに、性格が穏やかですからね。陛下のためとわかっているなら、まだとうぶんは大丈夫でしょう」

ブロウが言いたいことはわかる。エーリスはブロウに頼んで書庫から本を運ばせ、日がな読書を楽しんでいるようだ。知識欲が旺盛《おうせい》でなによりだが、サディアスのために故郷を捨て、すべてを捧《ささ》げると誓《ちか》ってくれた彼に、もっとわかりやすく報《むく》いてあげたい。それが地位だと思うのだ。

「年寄りの頑固頭には、時間が必要です」

「時間……」

「彼らはエーリス殿が陛下の寵愛をほしいままにして、国政に関わろうとしたり浪費したりすることを危惧《きぐ》しているのでしょう？　そんな心配はないと、エーリス殿の人物像を知ってもらわなければなりません」

「会わせるつもりはないぞ」

「無理に会わせることはありません。だから時間が必要だと言ったのです」

失礼します、とブロウはサディアスの正面の椅子に座った。そして抱えていた書類の中から、数枚の紙を取りだし、テーブルに滑《すべ》らせた。

「なんだ？」

紙には「薬学院」「天文府」「王付き文官」と項目が書かれていて、その横に責任者の名前があった。

「エーリス殿はまだ若く、学問に対しての才があります。ジラから基礎的なことも学んでいます。それを生かさない手はありません。とりあえず愛妾問題は横に置いて、彼には働いてもらいましょう」

「働く？　エーリスが？」

サディアスは驚き、非難する目でブロウを睨《にら》んでしまった。

「以前のあの子の手を見たことがあるか。炊事や畑仕事で荒れていた。ジラはエーリスを可愛がってはいたが、身の回りのことはすべてエーリスにやらせていたんだ。幼いときからずっと。

私はあの子を労働から解放してあげたい。やっと手荒れが治ってきたところだ」

「ですから、私は下働きをさせようと提案しているわけではありません。いいですか、ここに挙げたのは、エーリス殿がすでに身につけている学問と技能を生かせる職場です。彼はジラから薬草について学び、みずから薬草を育て、村人たちに処方していたと聞きました。じゅうぶん、薬学院の研究者になれる基礎があります。そして、天文府。星の位置を占うだけでなく、天候を読んでいたことは陛下もご存じでしょう。精度は高くありませんでしたが、それは今後の勉強次第です。王付き文官とは、私の下についてもらうことです。私の目が行き届くので安心できますが、いくらか国政に携《たずさ》わる仕事になってしまいますので、大臣たちは気に入らないかもしれません」

話を聞くと、ブロウなりにエーリスの今後を考えてくれたことがわかる。

たしかにエーリスに居場所と役目を与えて働かせるのは、いい案だ。愛妾としての予算を国庫から支給するのではなく、みずからの労働の対価として金銭を得た方が、エーリスも気兼ねなく受け取ることができるだろう。

その場合、桁《けた》が二つも三つもちがう給料しかもらえないだろうが――エーリスはあまり気にしなさそうだ。

薬学院の院長も天文府の長官も、大臣たちとはちがう意味で堅物と言われている人物だった。国王の愛妾候補を託《たく》されたからといって、そこで増長したり利用しようとしたりする心配はかぎりなく低い。かといって、まったく危険がないわけではない。

王付き文官としてそばに置く方法が一番安心だが、ブロウの言うとおり反対派の大臣たちの神経を逆撫《さかな》でするだろう。

「どこかでエーリス殿を健全に働かせ、陛下とは穏やかな愛情を育てていただく。何ヵ月か何年か過ぎれば、エーリス殿が私利私欲に走る人物ではないと理解してくれる者が増えていくでしょう。いかがですか」

サディアスはしばらく悩み、「本人の意見を聞こう」と顔を上げた。

その日の夜、夕食のあと王の部屋にブロウを呼び、例の三件の勤務候補先を書いた紙を前に、エーリスに話をした。

「エーリス、すまない。私の力が足りないせいで、まだ君を愛妾として正式に認めさせることができていない。重臣たちの同意が得られるのがいつになるかわからない状態だ。このままずっと、君をここに閉じこめておくのは不健全だ。今後のことも考えて、君に居場所と役目を与えたいと考えた」

「ありがとうございます、陛下」

エーリスは嘘のない笑みを浮かべ、サディアスの憂《うれ》いをいくばくか晴らしてくれる。やはり手放せない、自分だけのものにして一生そばに置きたいという望みを再確認した。

「仕事をしたいか？」

そう尋ねると、エーリスは喜色を浮かべて「はい」とはっきり返事をした。

「説明します」

ブロウがまず薬学院の文字を指さした。

「王立薬学院を選択した場合、まず研究生として三年から五年は勉学に励むことになります。エーリス殿は薬草の基礎的な知識があるので、研修生の期間は短縮されるでしょう。その後、国家試験を受けて研究者と認められれば、国から給金が支払われます」

エーリスはハッとしたように目を瞬《しばた》いた。魔女の弟子としての知識が役立つ場所が選ばれているのだと気づいたらしい。

「天文府を選択した場合、最初から天文官として働くことになります。本来は王立学院等で天文学を専攻し一年以上学んでいないと入れない機関ですが、こちらもエーリス殿の基礎知識が即座に有用だとの判断です。毎月給金が支払われます」

エーリスは真剣な顔で頷きながら聞いている。

「王付き文官を選択した場合、私の部下になってもらいます。王の執務室の隣に文官専用の部屋があり、そこで仕事をします。エーリス殿は読み書きと計算がすでにできますので、こちらも問題なく働けると思います。書類の扱《あつか》い方《かた》などは私が一から教えます」

「王付き文官になるとブロウの管理下に置かれることになる。私はそれが一番安心するが、エーリスの存在を認めない大臣たちの反感を買うかもしれない」

事情を隠していても仕方がないので、サディアスは正直に話した。

「では、陛下はこの中のどれが、僕にふさわしいとお考えですか？」

「エーリスが選んでくれ」

「いいえ。僕は内部の事情をまったく知らないので、あまりよくない選択をしてしまうかもしれません。陛下に決めていただきたいです」

まっすぐに信頼しきった目で見つめられて、サディアスは愛しさに突き動かされるようにしてエーリスの手を握った。

「本音を言えば、エーリスは働かなくていいと思っている」

「陛下……」

ブロウが呆《あき》れた声を出し、エーリスは苦笑いした。

「けれど、このままここに閉じこめて、私の寵愛を受けるだけの人生を送らせるなんて無理だとわかっている。君の健《すこ》やかな心を私はなによりも大切にしたい。だから、ブロウの提案を受け入れて、君に仕事を与えることに同意した」

「はい」

「すまないが、天文府に行ってくれないか」

サディアスがなぜ「すまないが」と口にしたのかわからないエーリスは、きょとんと首を傾《かし》げる。可愛らしいしぐさに抱き寄せたくなってしまう。ふらふらと上体を傾けそうになったサディアスの肩を、ブロウが後ろからがしっと摑んで押しとどめた。

「天文府に、なにか問題があるのですか？」

「いいえ、なにもありません」

ブロウが即座に否定する。

「なにも問題はないのですが、それ以外のものもないのが問題といえば問題です」

謎《なぞ》かけのような言葉に、ますますエーリスは首を傾げた。

「天文府は、配属されてしまうと出世がほぼ見込めない、先のない機関と呼ばれています」

「そうなんですか？」

「もともと天文府は国の暦《こよみ》を司《つかさど》る機関として建国当時に設《もう》けられた、歴史あるところです。国の公式行事や祭事などの運営も担っていました。しかしあまりに雑事が多いため、祭事府が設立されて業務が分担されました。さらに二百年ほど前からはマグボンラオール村の魔女に星読みを依頼するようになり、しだいに天文府の役割が減っていったのです。いまでは長官と副長官の二人しか、天文府にはいません」

「二人だけ？」

エーリスが唖然《あぜん》とした表情になり、サディアスは申し訳なくなる。

ブロウは天文府を「先のない機関」とやんわりとした表現をしたが、人によっては「墓場」と呼ぶ。出世欲がある若者にとっては、それほど天文府はなんの面白みも旨味《うまみ》もないのだろう。

だが二人しか働いていないからこそ、監視しやすいのだ。薬学院の方がエーリスの特性を生かすことができるかもしれないが、なにせ所属する人間が多い。研修生だけで二十人近くいて、研究者は五十人ほどが働いている。院長が信頼できる人物でも、隅々《すみずみ》まで目が行き届くとは思えない。

「エーリス殿、ひとつつけ加えておきます。マグボンラオール村の魔女がいなくなり、星読みが依頼できなくなったことから、今後天文府はかつての役割を取り戻します」

ありがたいことに、ブロウが天文府を売りこむ言葉を発してくれた。

「天文府の予算は増やされ、天文官は増員されるでしょう。先のない機関などとは言われなくなる可能性が高い。魔女の血が薄くなり、やがていなくなってしまうことを、歴代の王は予想していたのかもしれません。だから天文府は廃止されなかった。私はそう思います」

「わかりました。僕、天文府で働きます」

こっくりと頷いたエーリスに、サディアスは安堵《あんど》しつつも「いいのか?」と尋ねてしまう。

「はい、僕のために考えてくださってありがとうございます。嬉しいです」

微塵《みじん》もサディアスを疑っていない健気《けなげ》な魂《たましい》が愛しすぎて、サディアスはエーリスを抱きしめた。そのままくちづける。柔らかな唇の感触を確かめながらゆるく吸い上げた。「んっ…」と甘やかな息が漏れた唇はどちらのものかわからない唾液《だえき》で濡《ぬ》れ、扇情的《せんじょうてき》に見えた。

ブロウがそっと部屋を出て行く足音を聞き、エーリスを抱き上げる。くちづけにうっとりと目を潤《うる》ませているエーリスを、サディアスは王の寝室に連れて行った。

王の寝室は薄暗かった。寝台横のチェストに置かれたランプが、ほのかに寝具の一部を照らすのみ。しかし寝台は完璧《かんぺき》に整えられ、今朝までの乱れがすべて消し去られているのはわかる。これからまたおおいに乱すことになるのだが、そこにエーリスを横たえた。

覆《おお》い被《かぶ》さりながら「いいか？」と小声で聞く。エーリスは黒い瞳を未熟な情欲で潤ませて、こくんと頷いた。

いままでエーリスは一度も拒《こば》んでいない。性奴隷《せいどれい》ではないのだから気分が乗らなければ断ってもいいのだと教えたが、エーリスは「そんなときはありません」と笑った。好きな人に求められるのは嬉しいことだから、と。

エーリスに大人の駆け引きはない。サディアスをおのれの肉体の虜《とりこ》にして、意のままに操りたいといった野望もない。ただ、サディアスの気持ちに応《こた》えたいという純粋な思いがあるだけだ。可愛い、サディアスだけの小鳥。

たとえエーリスに気分が乗らないときがあったとしても、サディアスはくちづけひとつでその気にさせる自信はあるが、すべてを捧げようとしてくれるその精神が愛しい――。

「エーリス、愛しているよ……」

心をこめてちいさな耳に囁く。エーリスがかすかに首を震わせて、サディアスにしがみついてきた。耳の下に唇を押しあて、つよく吸う。エーリスの呼吸が忙《せわ》しなくなってきて、喘《あえ》ぎ声《ごえ》が口からこぼれるようになったころには、サディアスの手によって衣服が剝《は》ぎ取《と》られていた。まだ少年めいた線を持つ、瑞々《みずみず》しい裸体を観賞しながら、サディアスは自身の服を脱ぎ捨てた。上着もシャツもズボンも寝台の外に放り投げる。一糸まとわぬ姿になり、あらためてエーリスを抱きしめた。

◇

エーリスは天文府で天文官として働くことになった。

「おはようございます。エーリス・セルウィンといいます。今日からよろしくお願いします」

年代物の扉を開けて、エーリスはまず元気よく挨拶をした。

天文府は王都の端《はし》にあり、ブロウが用意してくれた馬車に乗り、護衛の近衛騎士に守られながら、エーリスは初出勤を果たした。

その存在が忘れ去られていたという天文府の建物は古く、あまり手入れもされていない。廊下の天井《てんじょう》近くには蜘蛛《くも》の巣があり、絨毯《じゅうたん》は模様がわからないほどにすり切れている。けれど建物自体は頑健な石造りの二階建てで、マグボンラオール村の魔女に星読みを頼む前は、ずいぶんたくさんの天文官が働いていたのだろう、とわかる規模だった。

しかしいまは、二人しか働いていない。エーリスは三人目の天文官だ。

その二人は日当たりのいい南の部屋にいた。両側の壁はすべて書棚になっており、さまざまな書籍がぎゅうぎゅう詰めになっている。二人の机の上にも書籍と紙の束《たば》が山積みで、挨拶したのに人の姿が見えない。窓からふりそそぐ陽光に、ほこりがキラキラと光っていた。

「おはよう」

本の山の向こうからひょいと顔を出したのは、中肉中背の男だった。三十歳くらいだろうか。茶褐色《ちゃかっしょく》の髪に鳶色《とびいろ》の瞳が優しそうだ。

「俺はリナス。ここの副長官だ。君がいわくつきの新人か」

口元に苦笑いを浮かべ、リナスは「よろしく」と言った。エーリスが国王の愛妾候補だと職場には伝えてある、とブロウから聞いている。だから「いわくつき」なのだろう。

それについてなにか言われるかと身構えたが、リナスは視線を逸《そ》らした。

「ここの責任者はあっちの山の向こうにいる。長官、新人が来ましたよ」

エーリスは山に触れて崩さないようにそろりそろりと歩き、長官を見つけた。五十代半《なか》ばと聞いていたが、それよりも老けて見える姿勢の悪い男がいた。明るい茶髪にメガネをかけている。レンズの奥の目は髪とおなじ明るい茶色だった。椅子に座ったまま、じろりとエーリスを見上げてくる。

「エーリス・セルウィンです。よろしくお願いします」

「私がここの長官、ハンドベリだ」

ハンドベリはまるで値踏みするように、エーリスの全身をじろじろと眺めた。

「ずいぶんと貧弱な小僧《こぞう》が来たな。おまえが魔女ジラの最後の弟子というのは本当か」

「はい、本当です」

「国王の在位二周年式典の前夜祭で、魔法の花火を上げたのはおまえか」

「そうです」

「どうやって作った」

「ジラに教わった呪文でひとつずつ編みました。僕は魔力があまりないので、一日に一個しか生成できなくて――」

「一日に一個？　効率が悪いな！」

急に大きな声を出され、エーリスは目を丸くする。

「星読みができるそうだが、精度はどれくらいだ。自己評価でいい」

「……まだ五割から六割ていどだと……」

「半分か」

ははは、とハンドベリが笑う。馬鹿にした感じではなかったので、いやな気分にはならなかった。そもそもエーリスはジラの足下にもおよばないくらいの実力しかないことくらい、よくわかっている。

「年はいくつだ」

「十七です」

「まだまだこれからだな」

エーリス自身、これからたくさん勉強していきたいと思っていたので、ハンドベリにそう言ってもらえてホッとした。

「君の仕事だが……」

ハンドベリがぐるりと周囲を見回す。

「見ての通り、天文府はそれほど忙しくない。とりあえず、掃除をしてくれるか」

意外な指示をされ、エーリスは「あ、はい」と反射的に返事をする。

しかしリナスが後ろから「それはマズいですよ」と声を上げた。

「長官、なにを言っているんですか。掃除なんて。この子がどういった事情を抱えているか、知っているでしょう？」

「事情？　国王陛下の部屋に住んでいるとかいう事情か？　そんなもの、天文府には関係ないだろうが」

「関係ありますよ。陛下の心証を悪くしたら我々の今後にどう影響するかわからないじゃないですか。いやですよ、こんなところで――」

「うるさい。こんなところとはなんだ。天文府を馬鹿にするな。おまえはさっさと計算式を清書しろ」

「長官の文字が汚くて読めません」

「おまえの目は節穴か。とりあえず掃除をさせる」

「だから——」

「うるさい」

エーリスはしばらくかたわらに立って二人のやり取りが終わるのを待っていたが、なかなか一段落しない。自分はべつに掃除がいやではないのでかまわない、と口を挟もうとしても、その隙がなかった。

「失礼します」

しかたがないので、二人とも聞いていないだろうが頭を下げて部屋を出た。建物の中をザッと見て回り、どこがどう汚れているか覚え、掃除道具を探した。もう何年も使われていなかったかもしれない箒《ほうき》とモップ、バケツを見つける。

ブロウはこの天文府が近いうちに元々の役目を果たす場所になると言っていた。いざというときに使えるよう、掃除をしておくにこしたことはない。さっきの部屋にあったたくさんの本に興味津々《しんしん》だが、ハンドベリの命に従って、エーリスはとりあえず掃除に励むことにした。

まず建物の玄関周辺からはじめ、廊下にモップをかけていたら昼になった。リナスが探しに来てくれて、「昼食にしよう」と言ってくれる。そういえばここでの昼食はどうすればいいのか聞いていなかったと気づく。

「僕、なにも用意していません」

「届いているから大丈夫だよ」

リナスは抱えていた籠《かご》を示してみせる。どうやら外部の食堂に、昼食を配達してもらっているらしい。

「料金は食堂から天文府に請求《せいきゅう》される。給金からその分が引かれる仕組みだ。そういえば、君って給金はどうなっているの？」

「たぶん普通に支払われると思います。タダ働きでも構わなかったのに、嬉しいです」

「いやいや、タダ働きはいけない。労働には相応の対価を受け取るべきだ」

連れていかれたのは、ハンドベリとリナスの机があった部屋の隣だった。そこそこ広く、二十個くらいは机が置けるくらいの部屋で、がらんとしている。かつてはここで文官たちが事務仕事をしていたのかもしれない。窓際に四人掛けのテーブルがひとつと椅子がある。

ここも長年掃除をしていないらしくて埃《ほこり》っぽかったが、リナスが日常的に休憩所《きゅうけいじょ》として使用しているようで、荒れた感じではない。窓際のテーブルと椅子はいつも使っているからか、きれいだった。

リナスはテーブルに籠を置き、中から布ナプキンに包まれたパンを出した。てのひらほどの大きさの丸いパンに、野菜やハムが挟まれている。それがひとりにふたつずつ。

「長官の分は？」

「あのひとは毎日、奥さん手作りの昼食を持参しているんだ。自分の机で食べているから、気にしなくていいよ」

瓶《びん》に入った水をコップに注ぎ、エーリスに渡してくれた。「さあ、食べよう」と親しげに笑いかけられ、エーリスも微笑み返す。パンは美味《おい》しかった。王の部屋で食べていた昼食よりはるかに美味しくて、エーリスはぺろりと食べてしまった。

リナスは気を遣《つか》ってあれこれと話しかけてくれたが、内容は主《おも》に王都に来るまえの村での生活やエーリスの知識についてで、サディアスに関しては一切聞いてこなかった。聞き出そうとしてはいけないと言われているのかもしれない。

「そうか、魔女ジラは本当に存在したんだな。伝説みたいなものだと思っていた」

布ナプキンを片付けながら、リナスが感心したようにつぶやく。

「ジラが最後の魔女です。あの村にはもう、魔女はいません」

村の女性の中にまだ魔女の血はひそんでいるだろうが、それを生かす方法はジラとともに失われた。ジラのもとで修行しようとする女性がいなかったのだ。血が薄まり、厳《きび》しい修行を積んでもたいした成果は得られなくなっていたからだ。

ジラは「そういう時代になったことには、意味があるにちがいない」と言って、とくに対策は講じなかった。

「それよりも、いまちょっと話しただけで君の星読みの知識は、ちゃんとした学校で学んでいないにしては立派なものだとわかった。やっぱり掃除なんてしている場合じゃないよ。長官は頑固者だから言い出したらきかないけど、俺がなんとかしてあげる」

「いえ、大丈夫です。ここには掃除が必要ですから、僕はひととおりきれいにしようと思っています。だって掃除をして片付けないと、僕の机はどこに置くんですか？」

あ、とリナスが目を見開く。そこに思い至らなかったようだ。エーリスの仕事部屋がどこになるのかは知らないが、いまのところどこの部屋も掃除をしなければ使えない。

「そうか……そうだよな……。たぶん隣の部屋に、俺と並んで君の机が置かれるはずなんだが、ちょっと現状では……」

「廊下の突き当たりに書庫を見つけました。でも棚の半分ほどしか書籍がありませんでした。もしかしてその半分の書籍が隣の部屋にあるんじゃないですか？　なにかを調べるために書庫から持ち出して、返さないままでいたら山積みになったとか」

「その通りだ」

「だったらあの積まれた本を書庫に返せばいいんですよ。僕がやります」

「えーと……君がひとりで？　悪いが俺は手伝えないぞ」

「大丈夫です」

にっこりと笑うと、リナスはもうなにも言わなかった。

「午後も頑張ります」

エーリスはやらなければならないことがたくさん見つかって、意欲に満ちていた。

やはり王の部屋に閉じこもっているよりも、こうして体を動かしていた方が気楽でいい。ジラの家で暮らしていたときは、掃除だけでなく洗濯《せんたく》も炊事《すいじ》も請け負《お》っていたのだ。埃と蜘蛛の巣にまみれた建物の掃除くらい、たいしたことではない。

「昼食、とても美味しかったです」

リナスはすこし困ったような顔で「そうか」と頷いた。


天文府での初日を終えたエーリスは、王の部屋に戻り、夕食前にサディアスとブロウにその日の報告をした。

「一日中、掃除をしていたのか？」

驚いた顔のサディアスに、エーリスは「はい」と笑顔で頷く。

「玄関まわりと廊下はきれいになりました。ハンドベリ長官とリナス副長官が仕事部屋にしているところに僕の机も置く予定らしいんですけど場所がないので、自分で作ります。とりあえず本を書庫に戻せばすっきりとすると思います」

明日は本を書庫に運ぶつもりだと話すと、サディアスがブロウに「どういうことだ」と詰め寄った。ブロウは困惑顔で、「天文府がまさかそんな状態だとは」と弁解する。

慌ててエーリスはふたりのあいだに入った。

「掃除はきらいではないので大丈夫です。自分の机を置くためですから。本の整理だって、いまからわくわくしています。あんなにたくさんの専門書、見たことがありませんでした。触らせてもらえるだけで嬉しいですし、もし読ませてもらえるなら、きっとすごく勉強になります」

「……君がその扱いに納得しているなら、私はなにも言えないな……」

サディアスが渋々ながら矛先《ほこさき》を引っこめてくれる。

それから向かい合って夕食をとった。エーリスは昼食のパンが美味しかったこと、護衛の近衛騎士も馬車の御者《ぎょしゃ》もいい人だったことなどをゆっくり話した。

サディアスはしだいに機嫌をなおしてくれて、就寝前の湯浴みをするころにはいつもの微笑みを浮かべてくれた。

寝室の奥の部屋が浴室だ。埃をかぶったエーリスは帰ってきてから全て着替え、髪を丁寧にブラシで梳《と》かしていたが、サディアスが全身を洗ってくれると言う。

「陛下が僕を洗うんですか？」

「髪を洗ってあげるのははじめてだな」

サディアスは上機嫌でエーリスを浴室へと引っ張っていく。

いっしょに湯浴みをするのははじめてではない。けれどいままでは、閨《ねや》で情を交したあとに体を洗うという意味あいが強かった。だいたいそういうとき、エーリスは朦朧としているので羞恥《しゅうち》を感じる暇はなかった。

しかし今夜は、意識がはっきりとしている。エーリスがもたもたと服を脱いでいたら、その横でサディアスが素早く全裸になった。

「なぜ陛下も裸に？」

「服を着たままでは濡れるだろう？」

サディアスは当然といった顔でさっさと浴室に入っていく。貴族や王族は使用人に入浴を介助してもらうことが多いらしく、裸を人目に晒《さら》すことに躊躇いがない。しかしエーリスはそうではない。羞恥が先に立つ。

浴室内にはランプがたくさん置かれていて、夜でも明るかった。サディアスは素晴らしい肉体美を見せつけながら、浴槽《よくそう》に満たされた湯の温度を確かめている。いつまでも彼を全裸で待たせるわけにもいかず、エーリスは思い切ってぜんぶ脱いだ。

「さあ、おいで」

もじもじしているエーリスを手招いたサディアスは、とてもいい香りがする石けんを専用の布で泡立てはじめた。そして満面の笑みでエーリスの髪を洗う。人に髪を洗ってもらうのは幼児期以降はじめてだと思う。頭皮を揉むようにされて、とても気持ちがいい。しばらく裸でいる羞恥を忘れた。

「どうだ？」

「気持ちいいです」

「それはよかった」

丁寧に湯で髪を濯《すす》いでもらい、一息つく。これで終わりかと思ったら、サディアスはまた石けんを泡立てはじめ、エーリスの全身を洗いはじめた。

「か、髪だけなんじゃ……」

「ついでだから全部洗ってあげよう。ほら、じっとしていて」

体をじっくり見られながらもこもこの泡で洗われ、エーリスは顔が火照ってしかたがない。恥ずかしいからと逃げるわけにもいかず、エーリスは我慢してサディアスにされるままになった。

ときどき胸の尖りにサディアスの指が触れたり、臀部《でんぶ》の丸みをくるくるとこすられて変な声が出そうになったりしながら、なんとか耐えた。湯をかけてもらい、ホッとしていたら、サディアスの顔が近づいてくる。チュ、と唇を吸われた。

右の青い瞳が、深い色に変化《へんげ》している。そして左の金の瞳がちらりと銀色になった。

(僕のなにを見ようとしているのかな?)

美しい瞳にうっとりしつつ、チュチュチュと繰り返される軽いくちづけを受ける。唇に心臓が移ったかのように、ジンジンしてきた。思わず口を開く。そこにすかさずサディアスの舌が入ってきた。舌を絡めあう濃厚なくちづけに、カーッと体温が急激に上がっていく。

我慢していた情欲が一気に高まった。股間《こかん》のものが熱くなり、ゆるりと勃《た》ちあがったのがわかる。サディアスの逞《たくま》しい腕に抱きしめられた。

濡れた肌が密着し、サディアスがぐっと腰を押しつけてくる。身長差があるため、サディアスのそれはエーリスの臍《へそ》のあたりにゴリリと当たった。逆にエーリスのものはサディアスの内《うち》腿《もも》にぶつかる。それだけで痺《しび》れるほどの快感がわきおこり、エーリスは甘い息を吐いた。

「あ……陛下……」

「もうこんなに固くなっている」

「あ、んっ」

きゅっと握られて、エーリスは早くも立っていられなくなる。大きな手で上下に扱《しご》かれ、すぐにでも出てしまいそうなほど気持ちいい。同時に後ろの窄まりが疼く。サディアスに仕込まれた体は、貪欲《どんよく》に男を欲するようになっている。

「へ、陛下、陛下っ」

体を繋《つな》げたい。愛する人の熱情を体の奥深くで感じたい。けれどそんなはしたないこと、言葉にできない――。

エーリスが涙目で訴《うった》えるのを、サディアスは苦笑で受け止めた。

「私も君に入りたいのは山々だが、明日も掃除に励むのだろう？　体の負担になるようなことは避けた方がいい」

「そんな……」

「休日の前夜に、そうした行為はとっておこう。ああ、泣かなくていい、私が責任を持って鎮めてあげるから」

この状態で放置されるのかと絶望しかかったエーリスにチュとくちづけ、サディアスは浴槽の縁《ふち》に腰掛けるように命じてきた。おとなしく座ったエーリスの両脚を開かせ、サディアスは浴室の床に膝をつく。エーリスの小ぶりな性器を口に含んだ。

「ああっ」

蕩けるような快感に背筋をのけ反らせ、エーリスは激しく喘いだ。震える指でサディアスの金髪をかき混ぜる。達してしまいそうになると愛撫を緩《ゆる》められ、エーリスは長いこと悶《もだ》えさせられた。

「陛下、もう、辛《つら》いです、陛下ぁ」

快感が大きすぎても辛いのだと、エーリスはサディアスから教えられた。

「ひ、あっ」

サディアスの手が性器の下から尻の谷間へと滑る。物欲しげにひくひくと蠢《うごめ》いていた窄まりに触れられて、息を飲んだ。つるりと指が入ってくる。

「ああ、ああっ、あんっ、んっ、いや、もう、だめ、だめです、だめぇ」

前と後ろを同時に弄られてはたまらない。エーリスは前屈《まえかが》みになり、サディアスの頭を抱えこむようにして絶頂に達した。

深すぎる官能に頭がぼうっとする。ハッと我に返ったときには、サディアスに股間を湯で濯がれていた。王の口に体液を迸《ほとばし》らせてしまった。それを吐き出した様子はない。サディアスは飲んでしまったようだ。

おそれおおくて目眩《めまい》がしそうになったが、これもはじめてのことではない。彼に言わせると、「エーリスのものは髪一本から涙一滴まで私のものだ。体液だって私のもの。好きにしていいはず」と譲《ゆず》らない。

だからエーリスもお返しがしたいと申し出ることにした。サディアスの股間には屹立したままの性器が揺れている。

「あの、陛下、こんどは僕がやります」

「してくれるのかい?」

「させてください」

サディアスと位置を替わり、エーリスは床に膝をついた。サディアスのそこに顔を埋める。指先でそっと屹立を支え、先端の丸みに舌を這わせる。ビクリと反応する性器に愛しさがこみ上げた。大切な人の大切な器官だ。丁寧に舌を使って舐《な》め、根元を手で擦《こす》る。

口淫ははじめてではない。けれどなかなかうまくできないのが悩みだった。というのも、エーリスの口に対して、サディアスの性器が大きすぎるのだ。どうしても口腔《こうこう》に収まりきらない。

どうやったら全部を口に入れて愛撫することができるのか。喉まで迎え入れてみて、苦しさに涙がこぼれた。

「エーリス、無理はしなくていい」

やんわりと諫《いさ》められ、エーリスは自分に苛立った。サディアスの表情にはまだ余裕があって、初心者の域を出ない口淫ではなかなか達することができないのがわかる。

「無理していません。できます。だから、陛下のものを飲ませてください」

「困った子だね」

サディアスが目を細めて笑う。エーリスもわりと頑固で言い出したらきかないことは、もうよく知っているサディアスだから、中断して終わりにするとは言わなかった。

「では、もう一度口を開けて」

ぽかりと口を開け、サディアスの一物《いちもつ》が入ってくるのを待つ。エーリスの後頭部がサディアスの両手で摑まれた。太くて長くて熱いものがズルリと舌の上を滑っていく。

「いくよ」

エーリスは目だけで頷いた。喉をぐっと突かれて涙が溢《あふ》れた。エーリスの頭を固定して、サディアスが腰を振る。激しく喉を擦られ、口腔を蹂躙《じゅうりん》され、エーリスは苦痛の呻《うめ》きを漏らした。けれど抵抗はしない。涙でいっぱいの目で一心にサディアスを見上げた。白い頬を紅潮させ、サディアスが恍惚《こうこつ》としたまなざしでエーリスを見下ろしている。感じてくれている。気持ちよくなってくれている。エーリスの体に喜びが満ちた。

もっとサディアスに身を捧げたい。もっとなんでもしてくれていい。エーリスはサディアスの逞しい腰に両腕をまわし、しがみつくようにして体を明け渡す。精神の高揚は肉体の苦痛を凌駕《りょうが》し、エーリスの性器はいつのまにかふたたび勃ちあがっていた。

「ああ、エーリス、君は素晴らしい……私のものだ……ああ」

サディアスが背筋を震わせ、尊い命の滴《しずく》を迸らせた。エーリスはそれを喉の奥で受けとめ、従順に嚥下《えんげ》する。それは無上の喜びだった。サディアスの体液を飲み干しながら、エーリスはしずかに二度目の絶頂に達していた。

「いい子だね……」

飲みきれなかった体液と涙でぐしょぐしょになったエーリスの顔を、サディアスが愛しそうに撫でてくれる。

「愛している。私には君だけだ」

サディアスの美しい笑顔に、エーリスは「僕もです」と答える。二人は湯をかけあって汗と汚れを流し、寄り添いあって寝室に戻った。

そしてひとつの寝台で、手を繋いで眠った。

◇

エーリスが天文府で働き出してから半月ほどがすぎた。サディアスは本人からの話だけでなく、長官ハンドベリや護衛の近衛騎士たちからもその働きぶりの報告を受けている。彼の評判は悪くない。本人も楽しそうに通っている。

天文府でのエーリスの様子は、関わった人々の口から各方面に伝わっているらしい。それはエーリスが乗る馬車の御者だったり、昼食を届ける食堂の者だったり、天文府から出た塵《ちり》の回収業者だったりした。

まず天文府の掃除をしたことが、驚きとともに広まった。エーリスはだれに対しても挨拶を欠かさず、丁寧な受け答えをする。国王の寵愛を鼻にかけるようなことは一切なく、庶民的で親しみやすいそうだ。

ブロウが予算を回したので、天文府はあらたな備品の購入もはじめている。応対するのは雑用を受けおっている新人のエーリスだ。紙やインクなどの消耗品《しょうもうひん》から机や椅子、絨毯まで、エーリスが業者と交渉して購入を決めた。エーリスは業者と親しくなっても馴れあうことはなく、値段交渉《こうしょう》はきっちりしたらしい。

回ってきた請求書をブロウが確認したところ、とても常識的な金額だったという。もちろん賄賂《わいろ》などの授受はない。サディアスはますますエーリスへの信頼を増した。

サディアスはあえて箝口令《かんこうれい》を敷かなかった。国王の愛妾候補が、いかに素朴な人柄《ひとがら》なのか、多くの人にわかってほしかったからだ。大臣たちの耳に入るのに、そう時間はかからない。彼らもエーリスの情報をほしがっていた。わずか半月でも、効果は十分だった。

そろそろか――と思っていたころ、内務大臣と外務大臣が揃って「妥協案《だきょうあん》」を挙げてきた。

「陛下がご寵愛の平民の男は、いまのところ非常におとなしく生活している様子ですな」

「今後もこのまましずかに生活していってほしいものです」

ふたりは揃って、しぶしぶといった態度を取りながら、「陛下のお気持ちを最優先させる方向でいきましょう」と言ってくれた。

「エーリス・セルウィンという男を、陛下の愛妾として認めます。そして、王妃の部屋の使用を許可します」

ずいぶんな譲歩だった。サディアスは驚きながらも感謝した。

「そうか、ありがとう」

「しかし、正妃に準ずる待遇という点については、いましばらくお待ちいただきたい」

内務大臣が眉間《みけん》に皺《しわ》を寄せながら、外務大臣と顔を見合わせる。言いにくそうながらも、ふたりははっきりと意見を述べた。

「人というのは、置かれた境遇によって変わります。エーリス・セルウィンが数年後にどんな性格になっているのか、わかりません。もしかしたら贅沢《ぜいたく》に慣れ、散財するようになるかもしれませんし、親しくなった人間に便宜《べんぎ》をはかってばかりの身内贔屓《びいき》になるかもしれません」

「国王の愛妾が他国の王女であったり、国内大貴族の令嬢であったりするならば、多少の散財や贔屓は許容できます。愛妾たちの実家が、我が国に益をもたらしている場合があるので。けれど、エーリス・セルウィンにはなんの後ろ盾《だて》もありません。彼が我が国に不利益しかもたらさなくなれば、民は不満を抱きます。そのような事態になったら、陛下にも民の不満が向かってしまうでしょう」

「われわれは、それは避けたい。ですから、いまの時点で彼に正妃と同等の待遇を与えることはできません。理解していただけますでしょうか」

大臣たちの言いたいことはわかる。愛妾として認め、王妃の部屋に住んでもいいと譲歩しただけでも凄《すご》いことだ。しかも、この先ずっと正妃待遇にはしないと断言しているわけではない。

「わかった」

サディアスが受け入れると、大臣たちは安堵したような顔になった。内心ではどう思っているのか、左目で真意を探る。嘘はないようだった。

彼らは若いサディアスを軽んじてはいるが、国王として失格の烙印《らくいん》を押しているわけではない。おおきな問題なく、無難に国を治めている能力を、それなりに評価はしている。大臣たちは平穏な世を望んでいた。国王の心が穏やかに保たれるにこしたことはないのだろう。

サディアスは執務室に戻るとブロウに報告し、すぐに侍従長シメオンを呼んだ。

やってきたシメオンは、サディアスの話を聞いて顔を強張《こわば》らせた。

「かの者が、王妃の部屋をお使いになるというのですか……」

「そうだ。すぐに専任侍従を選定してくれ。明日にでも私の部屋から居を移せるように準備を頼む」

「……かしこまりました……」

頭を下げたシメオンの顎髭が、かすかに震えていたように見えた。

執務室を辞していくシメオンを、サディアスはじっと見送る。彼の複雑な胸の内が読めた。

「ブロウ、シメオンの動向に気をつけてくれないか」

「エーリス殿の処遇に不満を抱いていますか？」

「不満なら最初から抱いているさ。あの男は私にどうしても女と結婚してもらいたいらしいからな。大臣たちが折れるとは思ってもみなかったのだろう。混乱していた」

「その混乱が収まったら、なにをするかわかりませんね。あの男はカルヴァート王家に命を捧げています。王家が存続するためには、王族ひとりひとりの感情を無視してもしかたがないと思っているところがあります」

「シメオン本人が手を下さなくとも、彼の意を汲《く》んだ侍従や侍女がよからぬことを画策するかもしれない」

「侍従と侍女、全員に目を光らせるのは不可能ですが、なんとかしてみます」

「こうなると、昼間だけでも天文府で平和にすごしてくれているのはありがたいな」

「そうですね」

シメオンを含めた侍従たちの監視をブロウに頼み、サディアスは執務に戻った。


「僕が王妃の部屋を使ってもいいのですか?」

目を丸くして驚いたエーリスを、サディアスは案内した。王妃の部屋は王の部屋と隣り合わせになっていて、廊下に出なくとも扉ひとつで行き来できる。

「わあ、こちらは華やかな柄の壁紙が貼られていて、とても明るい雰囲気ですね」

エーリスが言うとおり、サディアスの母親が使っていたころのまま、女性が好みそうな花柄の壁紙だった。カーテンも暖色系の糸で織られていて、王の部屋とは雰囲気がちがう。

「これからずっとエーリスが使っていく部屋だ。好きなように模様替えしてくれていい」

「陛下のお母様の好みでしょうか」

「そうだと思う」

「華やかで明るくて、春の日だまりのような柔らかな雰囲気がとてもいいですね。僕、このままがいいです。ただちょっと、鏡の位置を僕の身長にあわせてもいいでしょうか」

エーリスの素直な心のままの笑顔に、サディアスは癒《いや》しを感じる。そっと抱きしめて、頬にくちづけた。エーリスの細い腕が背中にまわってきて、きゅっと抱き返してくれる。

(春の日だまりのような空気を持っているのは、君の方だよ)

サディアスは黒髪に頬ずりして、健康的な青年の体臭を胸いっぱいに吸った。

「あの、陛下……」

おずおずといった感じで、エーリスが腕の中から呼びかけてくる。

「なんだ?」

「……王妃の部屋にも、立派な寝台があるんですね……。僕は今日から、こちらで寝なければならないのでしょうか……。もう陛下といっしょに寝てはいけないのですか?」

しょんぼりとした口調でそんな可愛いことを言う。

「そういう決まりがあるのなら、寂しいですけど我慢します」

「決まりなどない」

ほんと? と嬉しそうにエーリスが顔を上げる。

「君はどちらで寝てもいい。私といっしょがいいなら、いままでとおなじように私の寝台で手を繋いで眠ろう」

「はいっ」

「もし私とケンカでもして、いっしょに眠りたくないと思う日があったら、こちらの寝台を使えばいい」

「そんな日はないと思います」

真顔で否定してくるエーリスが可愛くて、サディアスは声を上げて笑いながら、またくちづけた。くすぐったそうに微笑むエーリスは、食べてしまいたいくらいに愛らしい。

(可愛い。君はなんて可愛いのだろう!)

エーリスの美徳が、なぜシメオンにはわからないのか。生まれついての身分や育ちだけで人物を評価してしまうのはおかしいと、早く気づいてほしいと心から思った。


エーリスが王妃の部屋を使いはじめた、その翌日から、異変が見つかった。

それは飾られて当然の花が一本も置かれていなかったり、寝台の敷布が皺だらけだったり、水差しの中の水に塩が入れられたり、洗濯が済んだはずの衣服に染みが残っていたりという、ちいさいが悪意が感じられることだった。

ブロウが一日に何度か王妃の部屋に行き、それらを発見してはサディアスに報告してきた。

実行犯は侍従以外にいない。しかし、その日に王妃の部屋の担当だった侍従を片っ端から解雇すればすむという話ではなかった。彼らの上にはシメオンがいる。サディアスが考えるに、侍従長の気持ちを汲んで自主的にそうした行為に及んでいる侍従と、命じられて行っている侍従と半々といったところだろうか。

実行犯を遠ざけても、あらたな侍従がおなじようなことをするだけだ。

「困ったものだな……」

サディアスは執務室で憂うつなため息をつく。

シメオンと話す機会を持ちたいと思い、サディアスは執務の合間に呼びだした。

「陛下、わたくしをお呼びと伺《うかが》いました」

硬い表情で現れたシメオンに、サディアスはまず労《ねぎら》いの言葉を発した。

「侍従長にはいつも王城の隅々にまで気を配ってもらっていて、とても感謝している。多くの侍従と侍女たちを統率するのは大変なことだろう」

「ありがたいお言葉でございます。しかし、わたくしの役職であればそれはできて当然のこと。精一杯勤めさせていただいておりますが、いまだにいたらぬところを発見しては猛省する日々でございます」

堅苦しいシメオンに、サディアスは苦笑いする。

「ところでエーリスのことだが」

「……はい」

シメオンがかすかに身構えた。

「各所で非常に評判がいい。おまえの耳にも届いているか？」

「すこしばかり」

「私の寵愛を受けながらも驕《おご》るところがなく、素朴で純真で、だれにでも気さくに接すると好意的に見られているようだ。外に仕事場を与えてよかったと思っている。本人も楽しそうに毎日通っている」

「そのようですね」

「私にとって、エーリスは癒しなのだ。はじめて会った三年前からずっと、私はエーリスを自分だけのものにしたいと望んでいた」

「三年前から、ですか」

シメオンが目を丸くする。驚くのも無理はない。それほど前から目をつけていたことは、ブロウしか知らなかったのだから。

なにせ三年前は、エーリスはまだ十四歳だ。小柄なエーリスは、どこからどう見ても子供だった。当時二十七歳の大人のサディアスが、十四歳の年端もいかない少年を欲したなどと、公言するのははばかられた。

「エーリスが成人したのでやっと堂々と求愛できたのだ。長く想ってきた可愛い子を手に入れることができて、私はいま幸せだ。この幸せを、壊さないでほしい」

「陛下……」

シメオンが眉間に深い皺を寄せた。

「私は生涯結婚しない。エーリスしか愛さない。後宮にどんな美姫を揃えても、私は通うつもりはない。私の後継は姉たちの子供と決めている。だから、ひそかに集めている肖像画は役に立たないぞ」

ハッとシメオンが息を飲む。サディアスは知っていた。シメオンが国の内外からサディアスの結婚相手として、女性たちの肖像画を集めていることを。

「議会が姉たちの嫁《とつ》ぎ先《さき》に後継の相談をすることを許可してくれた。幸いにも、三人の姉たちは子宝に恵まれている。私には甥《おい》と姪《めい》が合計十人もいるのだ。きっと我が国の王太子にふさわしい子がいるだろう」

「しかし、陛下――」

「わかってくれ、シメオン。私は女性と子を作る気はまったくない。エーリスだけがほしいのだ。彼さえ私のそばにいてくれれば、ほかにはなにもいらない。彼のためにも、私は今後、死ぬまで国のために働くと誓う」

サディアスの譲らない気持ちに押されたのか、シメオンは黙った。やがて萎《しお》れたように項垂《うなだ》れ、しずかに執務室を去って行く。

（わかってくれただろうか……。わかってくれなければ困る）

はあ、とこのところ癖になっているため息をつき、サディアスは椅子に深く身を沈めた。

「あ、まただ」
エーリスは姿見に全身をうつそうとして、鏡の表面が汚れて曇っていることに気づいた。

昨日の朝も汚れていて、拭《ふ》いたばかりだった。鏡の表面に素手《すで》で触れた覚えはないのに、手あとのようなものがついている。手巾《しゅきん》で拭くと、なんとかきれいになった。

これから天文府に出勤する。身支度を整えるのは人目を気にしているからだ。村で暮らしていたときはこんなことはしなかったが、ここでは必要だった。エーリスが変な格好をしていたらサディアスの汚点になってしまいかねない。

鏡の前でくるりと回ってみて、エーリスは合格点を出した。

(よし、今日は大丈夫そうだ)

◇

仕事に行くときは支給された文官の制服を着る。灰色の膝丈の上着とズボンだ。上着には襟《えり》がなく、胸元に所属する機関ごとに決められた色のスカーフを結ぶ。天文府は濃紺色だった。

一昨日《おととい》、このスカーフが衣装部屋に見当たらなかった。前日にしまった場所に、なぜかなかったのだ。スカーフなしで出勤し、夕方に帰ってきたときには小物の引き出しに入っていた。

その数日前には、上着のボタンがとれていた。糸の緩みなどなかったのに、衣装部屋の床に二つも転がっていたのだ。エーリスは急いで縫《ぬ》った。針と糸は自分のものがあったし、裁縫《さいほう》は得意だったので出勤時間に間に合った。

(疑いたくないけど、これって……)

王妃の部屋の専任侍従がやっているのだろう。

(やっぱり僕が王妃の部屋を使っていることをよく思っていないんだろうな)

思い返せば、王の部屋にいたときの昼食も、侍従の嫌がらせだったのかもしれない。

エーリスは気を抜くと俯《うつむ》いてしまいそうな自分を、「大丈夫、今日もきっと楽しいよ」と励ました。天文府に行ってしまえばだれも悪意を向けてこない。気持ちを切り替えよう。

エーリスは衣装部屋から寝室に抜け、居間を出ようとした。三人の若い侍従が入ってきて、エーリスに無言で頭を下げる。これから掃除や備品の交換をするのだろう。彼らが数々の嫌がらせをしているなどと疑いたくない。仲良くしたい。けれどエーリスがそう思うだけでは、関係は変わらない。

「行ってきます」

エーリスが声をかけても、三人の侍従は一言も返してくれなかった。

悄然《しょうぜん》としながら彼らの前を通り過ぎて廊下に出ると、護衛の近衛騎士が二人待っていた。

「おはようございます、エーリス様」

「おはようございます」

顔見知りになった騎士たちはちょっとだけ微笑んで、挨拶をしてくれた。エーリスの通勤を護衛する近衛騎士は全部で六人いて、二人ずつ交代で守ってくれている。

彼らは十代後半から二十代前半の若者で、剣の腕が立つだけでなく近衛騎士になれるくらい家柄がよいはずなのに、侍従たちのようにエーリスとのあいだに壁を作ることはなかった。挨拶をしてくれるし、その日の天気についての雑談くらいには気安く応じてくれる。

騎士といっしょに王城の通用口へと移動した。こちらも顔見知りになった初老の御者が待っていて、笑顔で「おはようございます」と頭を下げてくれる。

「今日もお願いします」

エーリスが馬車に乗ると、近衛騎士たちも繋がれていた馬に跨《また》がった。通用門を通り抜け、広い王城の中の道をゆっくりと走り、水堀にかかった橋を渡ると王都の街に出る。

商人たちの朝は早いらしく、いつも忙しそうな荷馬車とすれ違った。商店街の前では店の者たちが掃除をし、開店準備をしている。エーリスはそうした活力に満ちた平和な光景を、馬車の窓から眺めるのが好きだった。

サディアスの治世《ちせい》が、目に見えるかたちとしてここにあるのが嬉しい。王都に住む民だけでなく、国中の人たちがこんなふうに何気ない毎日を重ねていってほしいと思う。そう思うのは、自分自身もサディアスと穏やかな日々を過ごしていきたいからだ。

侍従たちのささいな嫌がらせくらい、かるく受け流したい。それ以外の人たちは、エーリスにとてもよくしてくれる。なによりもサディアスがとても愛してくれている。彼の愛情は疑う隙がないくらいに絶え間なく注がれていて、エーリスは怖いくらいに幸せだ。

サディアスに恋い焦《こ》がれて、会いたくても会えなかった辛い年月を思えば、侍従たちの悪意くらい耐えてみせる――。

エーリスは侍従たちにいろいろと嫌がらせをされていることを、サディアスに話していなかった。密告するみたいで嫌だったし、なによりも心配させたくなかった。けれどサディアスには魔眼がある。もう気づいているかもしれない。エーリスの方から打ち明けるのを待っているのかもしれない。

(本当は陛下に隠しごとはしたくない。でも……)

悩んでいるうちに、馬車は天文府に到着した。

「それでは、また帰りの時間に」

エーリスを残して、馬車は帰って行く。近衛騎士の二人は残り、天文府の厩舎《きゅうしゃ》に馬を繋いだあと、建物の周囲で警護にあたるのだ。

石造りの二階建ての建物は、エーリスがせっせと掃除をした結果、はじめて訪れたときよりずいぶんと小綺麗になった。サディアスがブロウに命じて、あたらしい掃除道具を届けてくれたときは嬉しかった。掃除のための人員を派遣しないところが、さすがだと思う。エーリスの気持ちをよく理解してくれている。壊れそうなモップとバケツより、やはり新しい道具は使いやすかった。

エーリスは最初の七日間でほとんどの掃除を済ませ、つぎは書庫の整理に取りかかった。長官のハンドベリは「必要な本だからこうして机に積んであるのだ。片付けるな」と抵抗したが、エーリスはすこしずつ、ちまちまと本の山を崩していった。

どんどん本が片付いていくにつれて、視界は広がるし歩きやすくなる。なにより埃っぽさが解消された。リナスは「一日のくしゃみが減った」と喜んだ。どうしても手元に置きたいという数冊の本のみになった自分の机を見て、ハンドベリは「うむ」と頷いた。

「私の机はこんなに広かったのだな。まあ、文字を書いたり計算したりは、しやすくなったかもしれない」

不満顔をしつつもそんなふうに感想をこぼしたので、エーリスとリナスは顔を見合わせ、こっそりと笑った。

王都に移り住むまで、エーリスはジラと二人暮らしだった。ジラもそうとうの偏屈《へんくつ》だったので、頑固な年配者とのつきあい方をエーリスは自然と会得《えとく》していたのかもしれない。ハンドベリとリナスとの仲は良好だった。

エーリスはさらに、建物の隅にあった厨房《ちゅうぼう》も掃除をした。かつてはこの厨房で天文府の人たちの昼食を作り、提供していたのだろう。隣の広い部屋には十人は座れそうな大きなテーブルがいくつもあり、椅子もたくさん積まれていた。しかし木製のそれらはずいぶんと痛んでいて、椅子の中には壊れてバラバラになっているものもある。

エーリスは壊れた椅子を薪代《まきが》わりにして火をおこし、お茶を淹れた。これにはハンドベリもリナスも諸手《もろて》をあげて歓迎した。

「素晴らしい、この季節に熱いお茶とは！」

真冬以外には暖炉用の薪が支給されないので、建物内で湯を沸《わ》かすことができないらしい。昼食後にも休憩時間にも水しか出てこなかったのは、そういう理由があったのだ。

二人はエーリスの働きぶりを絶賛し、ハンドベリは書庫の本を好きなだけ読むことを許可してくれ、リナスは翌日の昼食を奢《おご》ってくれた。何日もかけた掃除と本の整理よりも、たった一杯の熱いお茶が二人の心を捕えたことが、エーリスはおかしくてたまらなかった。


天文府で働きはじめて一ヵ月近くが過ぎると、本格的な冬がやってきた。暖炉用の薪が配られ、その数日後には一年が終わる。エーリスははじめて王都で年明けを迎えた。

カルヴァート王国では、新年の行事はとくにない。一月一日から三日間、すべての仕事が休みになるだけだ。それは国王も例外ではない。

十二月三十一日、いつものように執務を終えたサディアスは王の部屋に戻ってから平服に着替え、エーリスと夕食をとった。食後は赤々と燃える暖炉の火の前で、王都で再会してからの約二ヵ月間のことを振り返り、いろいろな話をした。

明日は二人とも仕事がない。就寝時間を気にすることなく、たくさんおしゃべりをした。

そうして静かな年越しをした。

「エーリス、これからもずっとこうして、二人であたらしい年を迎えられたらいいと思っている」

「僕もそう思っています。ずっと陛下のおそばにいたいです」

「ずっとそばにいてくれ」

暖炉の前で、指を絡めるようにして手を繋ぎ、神聖な誓いのつもりでくちづけた。

「君と飲もうと思ってとっておいた果実酒だ。この産地のものはとても飲みやすくて美味しい」

瓶のラベルにはリンゴの絵が描かれている。エーリスはそれをほんのちょっぴり飲ませてもらった。

「美味しい」

甘くて口当たりがいい。あまりの美味しさにエーリスはびっくりした。

「飲み過ぎないようにしなさい。君はあまり強い体質ではないようだから」

サディアスが心配してくれた通り、エーリスは酒に強くない。そもそも村では酒が贅沢品で、ジラがあまり飲酒を好まないこともあって、成人の祝いの席でほんのすこし舐めたていどしか口にしたことがなかった。

王都に来てから、サディアスと食事をともにするようになって日常的に果実酒や蒸留酒を飲むようになったばかりだ。とはいえ、一口がせいぜいで、あまり美味しいと思えなかったし、二口飲むともう酔《よ》ってしまい料理の味がわからなくなる。

「でもこれ、とても美味しいです」

「だから飲み過ぎてしまうのだよ」

苦笑いするサディアスに「気をつけます」と微笑み返しながらもおかわりをして——エーリスは当然のごとく酔った。サディアスが「だから言ったのに」と呆《あき》れた顔で、ぐらぐらと揺れているエーリスを抱きかかえるようにして支えてくれる。

暖炉の火はあたたかく、サディアスのおかげで背中も寒くない。さらに果実酒が体を内側からぽかぽかにしてくれ、エーリスはご機嫌で笑った。

「陛下、大好きです」

「そうか、私も好きだぞ」

「大好きな陛下といっしょに新年を迎えられて、僕は幸せです」

「私も幸せだ」

「僕の方がたくさん幸せだと思います」

「なにを張り合うつもりだ」

サディアスが楽しそうに笑う。

「陛下の笑顔はとっても素敵です。格好いいです。たまらないです」

「……エーリス、ずいぶん酔っているな。顔が真っ赤だ。気分は悪くないか？」

「僕は絶好調です。陛下、もっと飲んでください。とっても美味しいお酒ですよ」

ほら、とエーリスはサディアスのグラスに果実酒を満たして差し出す。笑顔で受け取ったサディアスは、くいっと軽くグラスを空《あ》けてしまう。ごくりと上下に動いた喉仏が男らしくて格好いい。エーリスはサディアスの飲みっぷりに惚《ほ》れ惚《ぼ》れした。

「陛下は強いのですね」

「君よりは強いだろうが、それほどでもない。君はもう飲まない方がいい。私も今夜はこのくらいにしておこう」

グラスを遠ざけられてしまい、エーリスは唇を尖らせて不満を露《あら》わにした。

「どうしてですか？　僕、もっと飲みたいです。陛下も飲んでください」

「いや、やめておこう。使いものにならなくなったら残念だ」

「使いもの？　なにがですか？」

チュと頬にくちづけられる。サディアスの両手が服の上からエーリスの体の線をなぞった。

思わず「あ……」と声が出る。

「せっかくの休暇なのに、泥酔《でいすい》して寝て過ごすのはもったいないだろう？」

サディアスがなにを考えて酒をほどほどにとどめておこうとしているのかわかり、エーリスはさらに顔を赤くした。一気に鼓動がはやくなり、体が熱くなってくる。

「も、もったいない、ですか？」

「君をたくさん抱きたい」

ひゃっ、と変な声が出た。大好きな人に響く低音でそんな殺し文句を囁かれたら、ただでさえ酔っているのにくらくらしてしまう。

「休みの三日間、私と寝室にこもる生活を送ってみるというのはどうだ？」

とんでもない提案をされて、エーリスは息を飲んだ。三日間も寝室でなにをして過ごすのか、もう想像できないエーリスではない。

「君の体の隅々にまでくちづけて、蕩けるまで気持ちよくさせて、なにもわからなくなるくらいに私で満たしたい」

そんなの、とっくにそうされている。いまさらなのに、サディアスはもっと、と考えているのだろうか。

「僕、死んじゃいます……」

恐れを抱いてぽつりとこぼすと、サディアスがふふふと笑った。

「死んじゃいそうなくらいに気持ちいいと、この口に言わせてみたいね」

指で唇をなぞられて、エーリスは淫らな予感に背筋を震わせた。

そのあと、エーリスははじめて寝台以外の場所でサディアスに抱かれた。暖炉の炎に照らされながら、横たわるサディアスの腰の上に跨がり、深く繋がる。はじめての体位に、羞恥のあまり涙ぐんだ。「自分でいいように動いてごらん」と言われ、最初はおずおずと……けれど酔いもあいまってしだいに快感に支配されていき、淫らに腰を振った。

「ああ、ああ、陛下、ああっ、どうしよう、ああ、どうしよう、とまらない、ああっ」

サディアスの厚い胸に手をつき、エーリスは快感に悶《もだ》えながら泣いた。もう二度も絶頂に達している。吐き出した白い体液はサディアスの胸に散っていて、申し訳なさにまた泣けた。けれど腰がとまらない。動けば動くほど気持ちよくて、もっとほしくて、激しく体を揺らした。

「エーリス、可愛い、ああ、なんて可愛いんだ。尖りきって赤く腫《は》れた乳首も、わたしの手の大きさにぴったりの性器も、可愛い」

「いやぁ、言わないで、そんなこと、ああっ、陛下、陛下ぁ」

「こういうときは名で呼ぶ約束だっただろう。呼ばないとおしおきするぞ」

「サ、サディアス、さま、サディアスさまぁ」

「可愛い」

ぐんっと腹筋を使ってサディアスが上体を起こし、抱きしめられた。くちづけられ、むさぼるように舌を吸われる。口腔をサディアスの舌でいやらしく嬲《なぶ》られて、屹立をくわえこんでいる後ろがきゅっと締まった。大きさだけでなく剛直の凹凸《おうとつ》までもがありありと感じられてしまい、エーリスは声もなく悶えた。

「う、くっ、私をきつく締めつけて離さない肉筒も素晴らしい。あ、んんっ」

どくん、と体内でサディアスの雄心《おしん》が脈打ち、熱いものがほとばしったのがわかる。大量に注がれる体液に、エーリスは陶然とした。満たされていく心地よさに、くったりとサディアスに凭《もた》れる。

繋がったまま、乱れた息が整うまで二人ともじっとしていた。サディアスの大きな手が、エーリスの髪をゆっくりと撫でている。しばらくして、その手がスッと背筋をたどり、臀部におりた。繋がったままのところを指で撫でられて、エーリスはびくりと尻を震わせる。

「続けてもいいか？」

萎《な》えかけていたサディアスのものが、エーリスの体内でふたたび力を取り戻してきているのがわかる。じわじわと拡げられる感覚に、「ああ」と喘いだ。

「僕も、もっと欲しいです」

まだ足らないと思うのは、きっと酔っているせいだ――。

酒のせいにして、エーリスは恥じらいながらもおねだりした。


翌朝、寝台の中で目が覚めたときは呆然《ぼうぜん》とした。

自分も、すぐ隣に横たわっているサディアスも全裸だった。昨夜はたしかに酔っていたが、しっかり記憶はある。すこしだけ布団をめくってみたら、体中に赤い鬱血痕《うっけつこん》がついていた。サディアスに吸われた痕《あと》だ。たくさん吸って、とエーリスがお願いしたからだ。

「うそ、恥ずかしすぎる……！」

ひとりで狼狽《ろうばい》していたら、サディアスが起きてくすくすと笑った。

「ずいぶん酔っていたようだが、覚えているのか？」

「……はしたないことをしてしまったみたいで、すみません」

「君が謝ることはない。私が酒を飲ませたのだ。頭痛や吐き気はないか？」

「とくにないです」

「それならよかった。私はいつもとちがう君が見られて楽しい夜だったよ。とても色っぽくて、可愛かった。君と私はほんとうに相性がいい」

そんなふうに慰《なぐさ》められたが、エーリスは昨夜の自分が可愛かったとは思えず、もう二度と酒は飲まないと心に誓った。

サディアスは侍従に王の部屋への出入りを最低限にするように命じ、三日間ずっとエーリスをそばから離さなかった。寝室だけにこもることはなかったが、目が合うたびにくちづけをして、手が触れるたびに抱きしめあって、いっしょに湯浴みをした。浴室でも体を繋げた。数え切れないほどおたがいの名前を呼びあい、愛を囁き、想いをさらに深めた。

二人きりの休暇を、ぞんぶんに楽しんだ。

そんな休みが終わると、日常が戻ってくる。エーリスは毎日、天文府に通って仕事をした。

小雪がチラついたある日、リナスが「頼みがある」と真剣な顔で切り出してきた。いつものように二人で昼食を食べているときだった。

「俺はこの天文府から出たいと思っている。別の機関で働きたい。ずっと異動の希望書を提出しているが、望みがかなう兆《きざ》しがまったくない。ぜいたくを言えば財務府や外務府がいいが、もう天文府でなければどこでもいい。エーリスが国の人事に口をきいてくれるとありがたい」

思いもかけない頼みだった。この一ヵ月間、リナスはエーリスの立場に関わることはいっさい口にしなかった。国王の私生活を聞くことはなかったし、こんなふうに頼み事をしてくることもなかった。

「この天文府が世間からどう見られているか、君も知っているだろう。出世が見込めない、先のない機関と蔑《さげす》まれている。長官が定年退職するまでは存続するが、以降はなくなるとも噂《うわさ》されている場所だ。俺はこんなところで終わりたくない。もっと活躍できる機関に移って、しっかり働きたいんだ。君が配属されると聞いて、どれほどよろこんだかわかるか？　ぜひ君の力を借りたい」

リナスが冗談などではなく本気で頼んでいるのはわかる。しかしエーリスはどうすることもできなかった。

「ごめんなさい。僕にはなにもできません」

下手《へた》に希望を抱かせてもいけないと思い、エーリスはきっぱりとそう言った。

「僕はたしかに陛下の寵をいただいています。でも権力は持っていません。持とうとも思っていません。人事に口を出すことなんて、無理です。できません」

リナスが悲壮な顔になった。それでも「なんとか頼めないか」と引き下がらない。

「俺はまだ二十八だ。いまならあたらしいところに順応して働ける。体は丈夫だし計算だって得意だし、字はきれいだとほめられることが多い。きっとどこへ行っても重宝される。自信があるんだ」

「ごめんなさい。本当に僕はなにもできないんです」

「エーリス、頼むから」

必死の形相《ぎょうそう》で懇願してくるリナスを見るのが辛くて、エーリスは視線を逸らしながら立ち上がった。まだ昼の休憩時間は終わっていないが、机に戻るつもりだ。

「リナスさん、この天文府はおそらく生き返ります。もう星読みができる魔女がいなくなったからです。ブロウさんから、今後は天文府に星読みを任せる予定だと聞きました。先のない機関ではなくなると思います」

「たしかにそういう話は小耳にはさんだことがある。だがそれは、いつのことだ。予算がつかなければ人は増やせないし、いま以上の仕事はできない。今年中に予算の話がされたとしても、実際に金が回るのは二年後か、五年後か、それとも十年後か？　俺はそんな先まで待てない。気がついたら定年の歳になっているかもしれない。それでは困るんだ」

リナスは独身だが、婚約者がいると聞いた。結婚に備えて給金が多い機関に移りたい、将来は出世したいと望むのは当然なのだろう。

「でもリナスさんは天文学を専攻していたんですよね？　最低一年間は天文の勉強をしないと天文府に入れないと聞きました」

「最初に天文学を専攻したのが、そもそものまちがいだったんだ。俺は天文府がときには墓場と呼ばれるようなところだとは知らなかった。ただ天文が好きで、深く考えずに専攻してしまった。一年間学んだ後、地質学専攻に変えた。二年も学んだ。そして国土府を希望したんだ。けれどその年、天文府を希望した者がひとりもいなくて、俺はここに入るハメになった……」

リナスが縋るようにエーリスの手を掴んできた。

「頼むよ、エーリス。君だけが俺の希望なんだ」

興奮しているのか、リナスの力が強い。腕をぎゅうぎゅうと握られて痛かった。

「僕にはなにもできません。本当に、ごめんなさい。離してください」

「いや、わかってもらうまで離せない」

不意に扉が開いた。ハンドベリが立っていた。

「なにをしているんだね？　穏やかならざる声が聞こえてきたが」

ハンドベリがじろりとこちらを睨んでくる。リナスが我に返ったようにエーリスから手を離した。作り笑顔を浮かべて、「なんでもないです」と言いながら部屋を出て行く。その後ろ姿をじっと見つめていたハンドベリは、エーリスに向き直った。

「なにか揉め事か？」

「いいえ、なんでもありません」

とっさにエーリスはそう答えてしまった。平和だと安心していた天文府でこんなことが起き、愕然《がくぜん》としていた。なによりも自分のせいでリナスの心が惑《まど》ったと思うと、申し訳なくてたまらない。

（どうしよう……ここを辞めたくない……）

この件がサディアスの耳に入ったら、エーリスは辞めさせられるかもしれない。王城に籠もる生活に戻るのは、いまとなってはちょっと辛い。

「本当に、なにもなかったのか？」

「はい……」

ハンドベリの目を見られず、エーリスは俯いたまま返事をした。

休憩室を出て、自分の机に戻る。ひとりで仕事を再開していると、リナスも戻ってきた。ちらちらとこちらの様子を窺《うかが》っているリナスを、できるだけ気にしないようにして事務作業に集中する。そして二人きりになるのを避けた。

いつもよりもずっと神経をすり減らした一日が終わり、エーリスはとても疲れた。馬車で王城に戻ると、思いがけなくマグボンラオール村から手紙が届いていた。

執務を終えて王の部屋に帰ってきたサディアスが、「今朝、届いたそうだ」と渡してくれる。

手紙の差出人はレイフだった。村の副村長だった青年だ。

レイフは村長の息子で、村の若者たちをよく束ね、柔軟《じゅうなん》な発想で村をよくしようと努力していた。ときどき村の年寄りたちと意見を対立させていたが、あれからどうなったのだろう。

エーリスが村を出てから、気がつけば二ヵ月が過ぎている。初恋の人サディアスと想いが通じあい、もう村には帰らないと決めたとき、エーリスは村長に宛てて手紙を書いた。ジラの死を隠していた罪《つみ》は問われないこと、エーリスはこのまま王都に留まることをしたためた。

村への援助は続けるとサディアスは約束してくれたが、国の役人を派遣して自立への道を探ることになっていたはずだ。順調に進んでいるのだろうか。

「マグボンラオール村の村長は、現在レイフが担っています」

サディアスとともに王の部屋に入ってきたブロウがそう言った。

「レイフが村長……」

「前村長は引退しました。罪に問われないといっても、ジラの死を隠しただけでなくエーリスを身代わりに仕立てたのはやり過ぎです。すべての責任を取ったかたちですね」

「そうだったんですね」

なにも知らなかった。マグボンラオール村はカルヴァート王国にとって特殊な位置づけがされた村だ。村長の交代は王都に届けられ、ブロウとサディアスはとうに知っていただろう。エーリスが一言、村の様子を尋ねればきっと教えてくれた。

捨て子だったエーリスをあたたかく迎えてくれた村を、すっかり忘れていたことに良心が痛んだ。自覚していた以上に、王城でのあたらしい生活で頭がいっぱいだったのかもしれない。恩知らずにもほどがある、とエーリスはしゅんとした。

「手紙を読んでみたらいい」

「でも、これから夕食の時間です」

「手紙を気にしながら食べるより、いま読んでしまった方がいいのではないか?」

サディアスがそう言ってくれたので、その場で封を切り、便箋《びんせん》を開いた。

レイフのごつごつとした字が懐かしい。まず村長に就任したことが書かれていた。そして王家の援助を受けて羊を増やし、今後は村で一丸となって羊毛生産に取り組んでいくことが綴《つづ》られている。

しかし最後の方には、重責を担うことになったレイフ個人の不安が滲《にじ》む文章があった。エーリスに「できれば帰ってきてほしい」「君にも手伝ってもらいたい」とつけ加えられている。

レイフが村の若者たちを集めて羊を飼いはじめたとき、エーリスも協力した。商取引には読み書き計算がつきものだが、村人の識字率は低く、簡単な計算すらできない者が多かったからだ。エーリスが抜けた穴は大きいのかもしれない。けれど村に帰ることはできない。エーリスはサディアスのそばにいると決めたのだ。しかし――。

考えこんでしまったエーリスに、「どうした？」とサディアスが声をかけてくる。

「あの、これ……」

サディアスに手紙を渡した。

「私が読んでもいいのか？」

はい、と頷く。サディアスはさっと目を通し、「なるほど」と頷いた。

「私が愛妾を迎えたことは少しずつ知られているが、それが君だということは公《おおやけ》になっていない。彼はなぜエーリスが村に戻らず、王城に留まっているのかわからないのだ。君は有能だから、助力を願うのは当然だろうな。それで、帰りたいのか？」

「まさか、帰りません。でも……気になってしまって」

サディアスがブロウに問いかけた。

「マグボンラオール村にはどのようなかたちで何人の文官が派遣されている？」

「派遣が決定されたのが陛下の在位二周年式典のすぐ後でした。十一月中には第一陣の二名が村に入り、羊毛生産についての今後の展開が具体的に話し合われています。困窮《こんきゅう》する僻地《へきち》の村に対する助成の範囲内で、すでに予算が下りることも決定しています。今年の春に生まれた羊が市に出る初夏のころには、第二陣の文官が派遣されます。その中には商取引に明るい文官を入れるつもりです。子羊の買い付けには、その文官を伴《ともな》うように助言します。同時に、村の羊の健康状態を診《み》る獣医も向かわせます」

そんなに手厚く助けてくれるとは思ってもいなかった。エーリスはびっくりしてブロウを見る。サディアスが微笑んで、エーリスの頬にくちづけた。

「君が心配しなくとも、村は独《ひと》り立《だ》ちできるようにする。レイフという男はすこし心細くなっているだけだ。大丈夫、村の若者たちが力をあわせて新村長を盛り立てていくだろう」

「はい、そうですね」

安心したエーリスは笑顔になった。村のことはブロウに任せておけば大丈夫だろう。

「春になったら、一度村に帰るか？　ジラの墓参りがしたいのではないか？」

「いいんですか？」

「いいもなにも、ジラは君の師匠であり親でもある。私もあらためて挨拶をしたい」

「陛下もいっしょに？」

「私が君を一人で村に帰すわけがないだろう。もちろんいっしょだ。今後、年に一度は二人で墓参しよう」

「ありがとうございます。嬉しいです！」

飛び上がるようにして抱きつき、エーリスはサディアスにくちづけた。

勝手に予定を決めたサディアスにブロウが胡乱《うろん》な目を向けていたことなど、エーリスはまったく気づいていなかった。

◇

サディアスの嫁いだ姉たちから返事が届きはじめた。

甥と姪の中から後継者を選びたいという願いを、嫁ぎ先の王家や大貴族は歓迎してくれたようだ。歴史あるカルヴァート王家の姫と縁を結べただけでなく、その子供がもしかしたら次代の王になるかもしれないのだ。これほどの強い結びつきがあるだろうか。

各王家と貴族家は、おそらくあの手この手を使って甥と姪を売りこんでくるだろう。サディアスは慎重に選ばなければならなかった。聡明かつ常識的な考えができる子でなければ国を任せられない。生まれ育った国や地域、肉親の情に流されず、カルヴァート王国をさらに次の世代へと導いていかなければならないのだ。

今後、サディアスは順番に甥と姪たちを王都に招待し、面会を重ねていこうと考えている。

王太子選定は急がず、じっくりと時間をかけていくつもりだ、と議会でサディアスが重臣たちに話すと、みな賛成した。内務大臣と外務大臣も「それでよろしいかと」と頷いている。

とくに反対意見はなく、長方形の大きなテーブルを囲む面々は落ち着いた表情をしていた。

エーリスが王妃の部屋の使用を許可された日から、約一ヵ月が過ぎている。真面目《まじめ》に天文府で働いているエーリスの評価は安定しており、表立って存在を否定する声は聞かれなくなっていた。年が明けたころから「王家の血筋の中から王太子を選ぶのもやむなし」といった空気ができあがりつつあったのだ。

サディアスがわりと頑固で、決めたことは譲らないとみんな知っている。寵愛されている者がおとなしい性格ならば、子が産めない男でも受け入れようと諦《あきら》めたのだろう。

左の魔眼で男たちをぐるりと見回す。負の感情を無理やり押し殺している者はいなかった。

「では、つぎの案件です」

議長役の重臣が国土府の長官を促《うなが》した。北方の村で雪害が発生している件について報告される。今年は雪が多いらしい。降りすぎた雪の重みで納屋が潰《つぶ》れ、保存してあった牧草が使えなくなった。さらに家畜小屋も倒れて牛や山羊、羊が圧死したり凍死したりしているという。被害の状況を急ぎ調べさせ、助成金を出すようにとサディアスは財務府の長官に指示をした。

「冬期の雪が多いと、春の雪解け水も多いだろう。洪水にも注意が必要だ。国土府は河川の増水には気を配るように。災害が起きた場合の備えもしておくように」

ほかにいくつかの国内案件を話し合い、議会は解散した。サディアスが席を立つと大臣たちはいっせいに立ち上がり、頭を下げる。

会議室を出ると、廊下にブロウが立っていた。サディアスはこのまま執務室に戻る予定だ。

どこかに立ち寄ったり一部の大臣たちと話が長引いたりしたとしても、たいした時間ではない。それが待てずに廊下で待っていたということは、なにかあったのだ。

「どうした？」

「これを」

ブロウが退室してくる大臣たちに背中を向けるように立ち、懐から取り出した手巾を広げて見せてきた。縫い針が三本、現れた。

「王妃の寝台から見つかりました」

「な……っ」

思わず声を上げそうになり、サディアスは慌てて飲みこんだ。心ない侍従たちにエーリスがいやがらせを受けていることは、大臣たちに知らせていない。背筋を伸ばして平静を装い、ゆっくりと歩き出した。ブロウは手巾をたたんで懐にしまい、斜《なな》め後ろをついてくる。

「侍従たちは、エーリス殿が王妃の部屋の寝台を使用していないことを知っています。針を仕込んだところで実害はないとわかっていながらも試みたのでしょうが、陛下、さすがにやり過ぎではないでしょうか」

サディアスは無言で頷いた。王妃の部屋の使用許可が下りたあとも、エーリスは毎晩サディアスと共寝《ともね》している。王妃の寝台に使った形跡がなくとも、侍従たちはおそらく毎日敷布を交換したり、布団を干したりしているだろう。いままでは敷布に皺が寄るていどの嫌がらせだっだが、もしエーリスが気まぐれを起こして王妃の寝台で寝ていたら、ケガをしていた可能性がある。針とは――。

(やはり徐々に酷《ひど》くなっている……)

サディアスは重いため息をついた。シメオンに話をしたが、彼の心には響かなかったようだ。

「それと、衣装部屋の宝石箱から翡翠《ひすい》の小鳥のブローチが紛失《ふんしつ》しておりました」

「……いつの話だ」

「ついさっきです」

「エーリスは――」

「おそらく出勤後のことだと思われます。エーリス殿は気づいておられないでしょう」

「そうか」

翡翠の小鳥。会えなかった二年間、二人の心を繋いでいた大切なブローチだ。彼はサディアスに返したがっていたが、持っていてもらいたいというこちらの意向を汲んで、王妃の宝石箱の中に大切に保管されている。しかし宝石箱は鍵《かぎ》がかけられていたはずだ。

「鍵はだれが持っているのだ」

「私と侍従長、エーリス殿の三人です」

なぜそんなあからさまなことをするのだ、とシメオンを怒鳴りつけたい。シメオン自身が泥棒の真似事をしたのか、それとも侍従に鍵を託してやらせたのかはどうでもいい。ブロウとエーリスがブローチの行方を知らなければ、首謀者《しゅぼうしゃ》はシメオンしかいないのだ。

いや、シメオンは窃盗犯《せっとうはん》がだれかわかるようなことを、わざとしたのかもしれない。

エーリスを寵妃とすることに反対している、という主張をするために。

「あと、衣装部屋で――」

「まだなにかあるのか」

「エーリス殿の制服のボタンがいくつか砕《くだ》かれていました」

「砕かれて?」

足が止まった。ブロウを振り返る。側近は深刻な表情をしていた。

「いままでボタンの糸が切られていたことはありましたが、今日はさらにそのボタンが砕かれて床に撒《ま》かれていました。おそらく金槌《かなづち》のようなもので叩いたのだと思います」

「なんてことだ……」

あまりの悪意に目眩がする。

「ボタンは即座に衣装係の侍女に直させました。侍女には口止めをしましたが、もう限界かと思われます。嫌がらせに加担している侍従は数人。しかしもっと多くの侍従や侍女がエーリス殿に関わっており、みな、不安を訴《うった》えています」

王城内で働く者たちにとって、侍従長シメオンと国王サディアスのあいだに溝が生じていることは明らかだ。彼らが平穏に働ける環境を求めるのは当然だった。

そう言うと、ブロウは「それだけではありません」と首を横に振った。

「陛下の寵を笠に着て居丈高《いたけだか》にふるまわないエーリス殿は、使用人たちに慕《した》われております。このままでは気の優しいエーリス殿がおかわいそうだと、同情も集まっているのです」

「……そうだな」

「おそらく、ですが、エーリス殿も侍従たちの嫌がらせに気づいています。姿見が汚れていました。私は今日はじめて気づきましたが、何度かそのようなことがあったかもしれません」

「……わかった。午後の会議のあと、シメオンをもう一度呼びだそう」

エーリスがケガをしてからでは遅い。シメオンをはっきりと問い詰め、もう処分を検討《けんとう》した方がいい。

「いさぎよく、おのれの罪を認めてくれればいいが――」

長く仕えてくれた功労者だ。これ以上の醜態《しゅうたい》は晒してほしくなかった。

執務室に戻ると、エーリスにつけている近衛騎士が待ち構えていた。通勤馬車の護衛だけでなく、エーリスの勤務中、天文府の警護も任務に入っている。もう一人の近衛騎士に現場を任せて王城に戻ってきたとは、なにかあったのだ。

かいつまんで事情を聞き、サディアスはすぐに執務室を出た。近衛騎士を連れ、ブロウと早足で通用口へと向かう。繋がれていた近衛騎士の馬に、サディアスはさっさと乗ってしまった。

「陛下？」

「待ってください、陛下。いま馬車を――」

「先に行く！」

馬の腹を蹴る。いきおいよく駆け出した馬の上で、サディアスは「陛下！」と慌てて呼び止めるブロウたちの声を聞いたが、聞こえないふりをした。なによりも、一刻も早くエーリスの元へ駆けつけたかった。

◇

リナスから人事に口を利いてほしいと頼まれた日から、エーリスは二人きりにならないように気を遣っていた。さいわいにも長官のハンドベリは皆勤で、いつも机が置いてある部屋にいる。できるだけハンドベリのそばにいるようにした。

けれど不意に二人きりになってしまった。エーリスはハンドベリに論文の清書を頼まれ、悪筆を読み解くのに夢中になってしまい、彼が席を立ったことに気づかなかった。

「エーリス」

ハッと顔を上げたときには、もうリナスはエーリスの机の前に立っていた。ハンドベリの姿がない。

「長官は書庫に行ったよ」

やや強張った笑顔でリナスが距離を詰めてくる。

「エーリス、このあいだ頼んだことだけれど、どうなっているのか教えてくれ」

「なんのことですか」

「俺の異動のことに決まっているだろう。人事に話してくれたんだろうな？　もうあれから何日もたつのに、いっこうに知らせがないんだが」

しばし呆然とした。あのときエーリスははっきりと断ったのに、リナスの中では引き受けたことになっていたのか？

「僕は断りましたよね。なにもしていません」

「なにもしていない？　なぜだ、どうして？　君にとって造作もないことだろう？」

「だから、そういうことはいっさいしたくないんです。諦めてください」

「諦められるわけがないだろう！　もうここにいるのはいやなんだ。この気持ち、君にならわかるだろう？　君だってここはいやなんじゃないか」

「僕は天文府を気に入っています。長官のことも好きですし」

ははっ、とリナスが小馬鹿にしたように笑った。

「ここを気に入っているだって？　長官を好きだって？　冗談もほどほどにしてくれよ。そんな奇特な人間、いてたまるか！」

リナスの額に青筋が浮いている。

人事への口利きを言い出すまで、リナスはとても優しい先輩だった。天文府での勝手がわからないエーリスに、一から丁寧に教えてくれたし、休憩時間には話し相手にもなってくれた。もしその優しさが国王の愛妾を懐柔《かいじゅう》するためのものだったとしても、あたらしい環境に不安を抱えていたエーリスにとってありがたかった。

リナスは閉じられた扉を気にした。ハンドベリが書庫から戻ってくるまえに話を終えるつもりだったのかもしれない。

「隣の部屋に行こう」

リナスに腕を摑まれ、エーリスは無理やり立たされた。そのまま引きずられるようにして隣の休憩室に連れて行かれる。

エーリスは椅子に座らされ、あろうことか縄で椅子ごとぐるぐるに縛《しば》られた。

「君が強情だからいけない。俺の言うとおりにしてくれれば……」

ぶつぶつ言いながら、エーリスの口を塞《ふさ》ぐように幅《はば》の広い帯のようなもので顔の下半分を巻かれた。「なにをするんですか」と抗議したいのに、漏れるのは「んーんー」という呻き声だけ。

「しばらくそこで考えていてくれ」

そう言い置いて、休憩室を出て行ってしまう。隣の部屋にハンドベリが戻ってきた物音がした。かすかに会話も聞こえる。リナスはエーリスがいない言い訳をしているのだろうか。

思い詰めたリナスの目を思い出すと、怖かった。そして寒さにぶるりと震える。

窓からは冬の陽光がさんさんと降り注いでいるが、当然のことながらこの部屋の暖炉には火がついていない。日が陰ってきたら、もっと室温は下がるだろう。エーリスは項垂れた。

これから自分はどうなるのだろう。口利きを引き受けなければ、リナスはエーリスをどうするつもりなのか。こんなことをして、終業時間になっても天文府からエーリスが出てこなければ護衛の近衛騎士が不審に思う。大事《おおごと》になるだろう。

サディアスに心配をかけてしまうのが心苦しかった。

(陛下……)

リナスのことを下手に隠し立てしなければよかったのだ。

それからどれくらいたっただろうか。エーリスにとってはとても長く感じる時間が過ぎてから、リナスがやってきた。扉をきっちり閉めて、鍵をかけられてしまう。

「さあ、考えは変わったかな?」

ひきつったような笑みが悲しい。リナスは生粋《きっすい》の文官だ。こんなこと慣れていないに決まっている。エーリスが「ん、ん」と呻くと、口を塞いでいた帯を解いてくれた。

「リナスさん、何度も言いましたが、僕にできることはありません」

「できる！　いままでの寵妃はそのくらいのこと日常的にやってきたはずだ。俺は不幸にも前王の寵妃にツテがなかった。あったら、とうに天文府など出ている」

リナスが声を荒げた。前王の寵妃がやっていたからといって、どうしてエーリスもやると決めつけているのか。

「ここはどうしようもないところだ。やり甲斐《がい》はないし、出世は見込めないし、長官は本の虫だ。もう息が詰まりそうなんだ。俺は十年もここで働いてきたんだぞ」

「……リナスさん」

かわいそうだと思うが、やはりエーリスにできることはなにもなかった。

「ごめんなさい」

「謝られても困る!」

「僕は人事に口出しはできないんです。したくないんです。わかってください、リナスさん」

リナスは絶句したように黙り、立ち尽くす。そして悔《くや》しそうに顔を歪《ゆが》め、俯いた。

「君はどうして……」

「今日のこと、だれにも言わないと約束します。縄を解いてくれませんか」

エーリスはリナスを刺激しないよう、そっとお願いした。

「愛妾の約束など、信用できない」

「でも僕の約束なら、信じてもらえるんじゃないですか?」

そんな言い方をしてみたら、リナスの体からフッと力が抜けたのがわかった。泣きそうな顔になりながらよろよろと歩み寄ってきて、縄を解いてくれる。エーリスはホッとして立ち上がり、強張っていた手足をちょっと動かしてみた。

扉が廊下側からコツコツと叩かれた。リナスがびくっと体を震わせる。

「リナス、ここを開けなさい」

ハンドベリの声だ。

「エーリスが帰ったというのは嘘で、そこにいるんだろう。なにをしている」

「いま大切な話をしているんです。仕事は、話が終わったらきちんとやります」

「いいから開けなさい！」

ハンドベリの声は、はじめて聞くくらい強権的な響きを持っていた。この天文府の責任者としての威厳があった。

「エーリスが望んでその部屋にいるとは思えない。私が頼んだ仕事を机に広げたまま席を立つような子ではないと思うからだ。もし早退するのならば私にひとこと言っただろうし、私の原稿をきちんと片付けていくだろう。どうだ、ちがうか？」

リナスは顔色を悪くする。扉の向こうからハンドベリのため息が聞こえた。

「君は自分がなにをしているのかわかっているのか。エーリスがどんな立場の人間か、本当に理解しているのか？　陛下が到着するまえに、エーリスを解放しなさい」

「えっ？」

聞き間違いか、と思わずエーリスとリナスが顔を見合わせたときだった。

ガシャーン！　とガラスが割れる音とともに、大きな塊《かたまり》が部屋に飛びこんできた。ガラスの破片をまき散らしながらその塊は床で一回転し、二本足ですっくと立った。

サディアスだった。あまりのことに啞然として言葉も出ないエーリスに、サディアスがにっこりと笑いかけてくる。

「エーリス、無事か」

「あ、はい……」

反射的に頷いたエーリスだが、我に返ってサディアスに駆け寄る。

「陛下、ケガはないですか？　ガラス窓に飛びこむなんて、どうして無茶なことを――」

「君を一刻もはやく救い出したかったのだ。たいしたことではない。私はこれでも戦場に立ったことがあるのだぞ」

「ここは戦場ではありません。もっとなにか、別の方法があったはずです。僕のせいで陛下がケガをしたら、僕は自分を許せません」

頭にガラスの破片が刺さって血を流すサディアスを想像し、エーリスは青ざめた。涙ぐんだエーリスを、サディアスが苦笑いしながら抱きしめてくれる。髪に優しくくちづけてくれた。

「すまない。考えなしだったな」

「そうです。もっとよく考えてください。陛下は一番選んではいけない方法を選択したのです。危ないことはしないでください」

「悪かった」

謝りながらもサディアスは満面の笑みだ。エーリスはムッとした。

「どうしてそんなに笑っているんですか。僕は怒っているのに」

「君が私を心配してくれているのが嬉しいのだよ。愛しい人」

ぎゅっと抱きしめられて、エーリスは安堵とともにその逞しい胸に顔を埋《うず》めた。

「どうしてここに?」

「近衛騎士が異変を察知して私に知らせてくれた。君になにかあったら、どんなささいなことでも知らせるようにと命じてあったのだ」

その口ぶりから、リスナとのあいだに起こったことを知っていたとわかる。

「陛下、だれから聞いて——ハンドベリ長官ですか?」

「そうだ」

自分の研究に没頭して部下たちにはあまり関心がないようでありながら、ハンドベリは天文府内で起こっていることをちゃんと把握《はあく》していたのか。

「本当は君の口から聞きたかったが」

「ごめんなさい……」

「君ははっきりと断ったのだから、私になにも隠すことはない。これからもこうした頼み事はあるだろう。断っても執拗《しつよう》に要求されたら、私かブロウに言いなさい。いいね」

「はい」

やはり最初からすべて話しておけばよかったのだ。その点は反省している。

サディアスは床に落ちている縄と帯を見て、不快そうに顔をしかめた。リナスは扉の前に立ったまま呆然としている。

「リナスといったか、扉の鍵を開けろ」

サディアスに命じられたリナスは、ぎくしゃくと動いて扉の鍵を開けた。即座に廊下側から開かれ、苦々しい表情をしたハンドベリが入室してくる。ガラスが割れた窓と、破片が散乱した床を見て、眉間の皺を深くした。

「陛下、いつまでもやんちゃでは困ります。なんですか、これは」

「いまエーリスにも叱《しか》られたところだ」

「修理代は陛下のお小遣いから出してくださいよ。こんなことで天文府の予算は使えません」

「わかったわかった」

どうやらサディアスとハンドベリは気安い会話をかわす仲のようだ。天文府の責任者は信頼できる人物だとは聞いていたが、これほど親しいとは知らなかった。だからこそエーリスの勤務先として選ばれたのだろう。

ハンドベリの後ろから近衛騎士が入ってきて、リナスの腕を拘束《こうそく》した。もはやリナスの顔色は真っ白だ。絶望のまなざしを床に落としている。

「陛下、リナスさんに酷いことはしないでください」

慌てて小声で訴えた。しかしサディアスの顔つきは厳しく、冷たい目でリナスを睨んでいる。

「この男は君に無体を働いた。君が私にとってどんな存在か知っていたにもかかわらず。許せるはずがない」

「でも、はじめて外で働く僕に、とても優しくしてくれました。頼りになる先輩だったんです」

「しかし……」

「それに、リナスさんがここまでせっぱ詰まってしまったのは、何度も職場の異動を願い出ていたのに、それがかなわなかったからです。なぜ人事の担当者は、リナスさんの再三の申し出を聞いてくれなかったんですか。そこを調べてから、リナスさんの処分を決めても遅くないと思います。どうでしょう」

エーリスが冷静に訴えると、サディアスが困ったように見下ろしてくる。ハンドベリがくくと笑う声がした。

「陛下、エーリスの言うとおりですな。感情的にならず、すこし調べてやってくださいませんか。部下とうまくやってこられなかった私にも罪があります。お願いします」

ハンドベリが頭を下げる。「仕方がないな」とサディアスがため息をついた。

「わかった。とりあえずリナスの処分は保留だ。私としては問答無用でこの場で切り捨ててもいいくらいなのだが、エーリスとハンドベリの気持ちを汲んでやろう」

近衛騎士に拘束されたまま、リナスが泣きながら「ありがとうございます」と声を震わせた。

◇

ブロウが手配した馬車に乗り、サディアスとエーリスは王城へ戻った。終業時間には早かったのでエーリスは帰るのをためらったが、ハンドベリに促されて天文府を出た。

いつもより早い帰城に慌てたのは、王妃の部屋の侍従たちだ。しかもエーリスだけでなくサディアスもいる。またよからぬ企《たくら》みをしていたのか、二人の若い侍従は顔を青くした。

「失礼します」

そそくさと入れ替わりに部屋を出て行く。嫌な予感しかしないので、サディアスは文官の制服から普段着に替えるエーリスにくっついて衣装部屋に入った。

「陛下は向こうで待っていてください」

「いや、私も入る」

「でも……あっ……」

ハンガーにかけられている替えの制服の袖口《そでぐち》がほつれているのが目に入った。エーリスがため息をつきながら、ほつれた部分を手に取って見ている。縫いつけてある糸が、数ヵ所にわたって切られていた。ボタンも二つほどなくなっている。

エーリスはうずくまって、きょろきょろとした。ボタンを探しているのだろう。

ブロウが昼間にボタンが砕かれているのを発見し、すぐに衣装係に直させたはずだ。自然現象ではありえない。翡翠のブローチの件といい、あからさますぎてサディアスは呆れた。

「城の侍従たちは、つくづく賢くないようだな……」

つい呟いたら、エーリスがハッとしたように顔を上げた。半泣きになっているエーリスに、サディアスは苦笑する。

「侍従たちの嫌がらせに、私が気づいていないと思っていたのか？」

「陛下……」

「知っていたのに効果的な対策を講じず、すまなかった。一度、シメオンには話をしたのだが、改まらなかった」

エーリスを立ち上がらせ、抱きしめる。頬にくちづけて、「すまない」ともう一度謝った。

「陛下が謝るのはちがいます。僕がもっとしっかりしていれば、みんなに好かれるようにできていれば、こんなこと――」

「好き嫌いの問題ではないのだよ、エーリス。私の愛妾に嫌がらせをすることがどういうことか、侍従たちはわかっていないのだ。教育が足らないことを意味している。これはすべて侍従長であるシメオンの責任だ。もう様子を見る時期はすぎた。シメオンを呼び出し、はっきりと責任を問わねばなるまい」

「でも、それをしたくないから、話をしたあと様子を見ていたんですよね？」

エーリスが気遣わしげに見上げてくる。まだそれほど王城の内情に詳《くわ》しくないエーリスだが、シメオンが長老的存在であることはわかっているのだ。そんな彼を処罰《しょばつ》する事態になれば、サディアスが心を痛めるだけでなく不利益を被《こうむ》るのではと心配してくれている。

まっすぐな心しか持たないエーリスの中には、ただただサディアスへの純粋な愛情があった。愛しいエーリス。可愛いエーリス。侍従の仕打ちに胸を痛めていただろうに、サディアスを気に掛けてくれる優しさが切ない。

「とりあえず、着替えなさい。話の続きはあとでしよう」

はい、と頷いたエーリスを衣装部屋に残し、サディアスは寝室に移動した。ほかになにか仕掛けられていないか探して回る。

寝台横のチェストの引き出しの中に、翡翠のブローチが入っていた。ブロウが王妃の部屋の隅々まで探したはずなのに。おそらくいったん持ち出したものを、いましがたここに入れたのだろう。重いため息しか出ない。

王妃の寝台の敷布はあいかわらず皺だらけだが、針は置かれていないようだ。

隣の居間に行くと、窓際の花台にめずらしく花が飾られていた。真紅のバラが小ぶりの花瓶《かびん》に数本入っている。ふと、茎に棘《とげ》が残っていることに気づいた。王城のどこに飾るときも、棘はすべて取り除くのが常識だ。王族がうっかり触れてケガをしてはいけない。

「ん？」

その棘が濡れているように見えた。水だろうか。茎に流れる植物の汁だろうか。よく見ようと顔を近づけ、指でバラの葉をかき分けた。

「陛下っ！　触れてはいけません！」

悲鳴にちかい大声が上がり、サディアスはギョッと手を引いた。扉のところに、侍従がひとり立ち尽くしている。唇をわなわなと震わせた侍従は、よろけながら駆け寄ってきた。

「バラに、触れましたか？　陛下、バラの棘に、触れ、触れ……」

「いや、触れてはいない」

「ああっ」

よかった、とつぶやきながら侍従が床にへたりこむ。そのまま顔を伏せて泣き出した。

「どうしました？」

着替えを終えたエーリスがやって来て、サディアスと侍従を怪訝《けげん》そうに交互に見る。

「あ、バラですね。きれい。あなたが生《い》けてくれたんですか？」

おかしな空気を変えようとしたのかもしれない。エーリスが侍従に話しかけながらバラに歩み寄った。

「エーリス、こちらにおいで」

サディアスはその細腰に腕をまわし、抱き寄せる。

バラの棘に、触れてはいけないものが塗《ぬ》られているのだ。侍従の取り乱し方からすると、毒物かもしれない。もうこれは、いやがらせの域《いき》を超えている。

「近衛騎士!」

廊下にサディアスの護衛がいるはずだ。呼ぶと「はっ」と返事をして姿を現した。

「ブロウを呼んでこい。大至急だ。そしてこの侍従を拘束しろ」

近衛騎士は理由など聞かない。国王の命令は絶対だ。執務室までブロウを呼びに走る者と、侍従を拘束する者とに別れ、すばやく動いた。

バラの棘に塗られていたのは、やはり毒物だった。わずかな傷から体内に入り、神経に作用する種類のもので、命を奪うほどではなくとも場合によっては四肢《しし》に麻痺《まひ》が起きるほどの毒性の強いものだとわかった。

もし今日、偶然にもサディアスがエーリスとともに王妃の部屋に入り、エーリスよりも先に気づかなかったら、愛する人の体が毒に冒《おか》されていたかもしれないのだ。とうていシメオンを許すことはできない。

執務室に呼び出されたシメオンは、悪あがきをすることなくすべて自分が命じて侍従にやらせたと認めた。

「あの毒物でだれも傷つけずにすみ、安堵しております。申し訳ありませんでした」

深々と頭を下げたシメオンは、無表情だった。一見、観念しているように見える。けれどサディアスの左目には、彼のいまだ納得できていない感情がドス黒い色となって見えていた。

もう、シメオンをこのまま侍従長の地位に置くことはできない。一度温情を与えたにもかかわらず、それを台無しにした。そのうえさらに罪を重ねた。実行犯の侍従たちとともに、辞めてもらうしかない。

しかし、公にして罪に問うのは難しい。国王の愛妾を、侍従長が傷つけようとしたのだ。これ以上の醜聞があるだろうか。

秘かに王都から追放したとしても、これほどまで罪を悔《く》い改《あらた》めていないのならば、ふたたび人を操ってエーリスに危害を加えようとするかもしれない。

サディアスはひとつため息をつき、執務机に肘《ひじ》をついた。

「おまえは、それほどにエーリスの存在が許せなかったのか」

「……陛下はそれなりにふさわしい身分の女性と婚姻《こんいん》し、お世継ぎをもうけるべきです」

「まだ言うか」

乾いた笑いしか出てこない。サディアスは立ち上がり、壁にかけてある鏡に自分の顔をうつした。青い右目と金色の左目。左目の秘密は、亡くなった母とブロウ、そしてエーリスしか知らない。国にとっても王家にとっても、最重要の極秘事項だった。

サディアスはひとつの決心をして、執務室の隅に控《ひか》えているブロウに視線を送る。それだけで彼は察してくれたのか、ハッとしたように表情を引きしめた。かすかに頷いてみせ、サディアスはシメオンに向き直る。

「おまえは、わが王家とマグボンラオール村との経緯《けいい》を知っているな？」

「二百年ほど前、かの村の娘とカルヴァート王家の王子が婚姻したことですか」

「そうだ」

これについても極秘扱いだが、重職に就いている者たちは聞いているはずだ。

「では、二百年前に王家に嫁いできたマグボンラオール村の娘が、魔女の血を引いていたことは知っていたか」

シメオンは息を飲んで固まった。知らなかったようだ。

「魔女の娘を娶《めと》ったのは、二番目の王子だった。そのため、その娘が産んだ子に王位は継承されなかったが、その血は途絶えることなく続いた。私の母は、その第二王子の家系だった」

サディアスはゆっくり歩いて執務机の椅子に戻る。シメオンはこの話がどこに向かうのかわからず戸惑いながらも黙っていた。

「母は、私が一歳半をすぎ、しゃべりはじめるようになるまで、自分が魔女の血を引いていることを知らなかったそうだ。赤子の喃語《なんご》の内容に疑問を持ち、口実を作って実家に帰り、系譜《けいふ》を調べた。だれにも、両親にも相談できなかったという。そこで、五代前に魔女の血が入っていたことをつきとめた。知っているか、シメオン、魔女の血というのは、おもに女性に受け継がれていくのだそうだ。しかし母にはまったくその兆候《ちょうこう》はなかった。代を重ねるうちに血が薄くなり、ほぼ現れなくなっていたのだろうな」

いまでも目を閉じれば、サディアスは母の悲しそうな顔をまざまざと思い出すことができる。

「……それなのになぜか、私に魔女の血が現れた」

「なんですと？」

シメオンの顔色が変わった。

「私の左目には魔力が宿っている。いわゆる、魔眼というものだ」

絶句しているシメオンを左目で見てみた。衝撃のあまり思考力が飛んでしまったのか、真っ白になっている。

「この左目には人の真実が見えるのだ。感情が色となって見え、なにも隠せない。赤子のとき、私はそれが私にしか見えない色だとは知らず、少ない語彙《ごい》の中、けんめいに母に伝えようとしていたそうだ。母はまず隠さねばと考え、できるだけ乳母《うば》には預けず、自分の手で私を育てようとした。国王である父にも打ち明けられなかった。やっと生まれた男児が魔眼の持ち主だったとは、とても言えなかったらしい。それが正しかったのかどうかは、私にはわからない」

ブロウが目を伏せた。二十年もそばに居続けているブロウは、サディアスの母がどれほどの苦悩を抱え、息子のために腐心していたか知っている。黙っているが、きっとさまざまな思いが去来していることだろう。

「私の左目の秘密を知っているのは、母と、ここにいるブロウだけだった」

シメオンはブロウを振り返った。何十年も王家に仕えてきたシメオンにとって、サディアスの秘密を聞かされていなかった事実は衝撃だろう。だれも知らなかったのならまだ許せるが、ブロウは知っていた。左目で見るシメオンは、嫉妬の炎をじわじわと燃え上がらせている。

「私は母に厳しくしつけられ、左目で見えるものをいっさい口にしない子供になった。しかし、言わないからといって見えなくなったわけではない。国王の唯一の王子だった私は、あらゆる人々の感情と向き合わなければならなかった。ほとんどの者は、王太子である私に媚《こ》び、へつらった。機嫌を取るために、あらゆる美辞麗句を並べ立てる者もいた。内心がすべて透けているとも知らず」

辛かった、とこぼすと、シメオンは顔を歪めて俯いた。

「十代のころ、あまりにも辛くて、もう生きていたくないとまで思い詰めたときもあった。けれど、私に期待している父を裏切ることはできなかった。私を守ってくれている母よりも先に死ぬことなど、とうていできなかった……。苦しみの中で、私はこの身に流れる魔女の血を恨《うら》みながら生きるしかなかった」

「陛下……」

シメオンはサディアスをなんの苦労もしていない世間知らずの箱入り王子だと侮《あなど》っていたところがあった。秘かにそんな苦悩を抱えていたことなど、想像もしていなかっただろう。

「人間には裏と表がある、と大人から教えられ、成長過程で経験から学んでいくことと、他人の悪意を無垢な心に突きつけられながらも、気づかないふりをして笑っていなければならないことは、おなじではない。私が真実安心できるのは、父と母、三人の姉たちといるときだけだった。彼らは心から私を愛してくれていた。ブロウも、私だけに一生仕えると誓いを立て、内心を読まれてもかまわないと言ってくれた」

　サディアスが視線を向けると、ブロウはその通りだといわんばかりに静かに頭を下げる。

「私がなぜ結婚を拒んでいたか、わかるだろう。両親と姉たち、そしてブロウ以外のだれも信用できなかったのだ。王太子の結婚となれば、政略的な縁組みになる。そんな出会いでも、なんとか感情に折り合いをつければ、父と母のようにそれなりの家族をつくることはできるだろう。しかし、私には魔眼がある。相手の心が見えてしまうのだ」

「では、エーリス・セルウィンはどうなのです。かの者はいったい——」

　シメオンが我慢できずに口を挟んできた。

「エーリスは私が三十年待っていた唯一無二の存在だ。三年前、はじめて会ったときに、この子だ、と思った。見つけたのだ」

「どういう意味ですか」

「あの子には裏表がないのだよ。そういう意味では、私に対峙《たいじ》したときのブロウに近い。しかし、当然ブロウには恋愛感情はない。ブロウはあくまでも信頼できる側近だ。エーリスのことは愛している。彼の素直で清い心は、希少だ。彼はまっすぐ私に愛情を向けてくれる。私を利用しようなどとは微塵《みじん》も考えていない。ただただ、私の愛だけを求めているのだ。これほど愛しい存在はない。彼に出会って、私は生きる意欲を得たのだ。もう死にたいとは思っていない。彼がいる限り、みずから死を望むことはないだろう」

きっぱりと言い切ると、シメオンは言葉をなくしたように呆然とした。

「三年前はまだ十四歳だったエーリスは、今年成人した。保護者だったジラも亡くなった。だから王都に呼び寄せて、愛妾としてそばに置くことができたのだ。やっと手に入れたエーリスを、私の癒しを、おまえは傷つけようとしたのだ」

「へ、陛下……」

「おまえはよく働いてくれた。私利私欲に走らず、品行方正で、王家によく仕えた。けれどおのれの理想像を私に押しつけるな」

皺が刻まれたシメオンの両手が、ぐっと握りしめられる。

「私は国王だが、ひとりの人間だ。幸せになりたいと思う、ただの男だ。けれど自分の責任は理解している。国のために、民のために、よい王であろうと努力しているつもりだ。これからもその気持ちは変わらない。エーリスを得たからこそ、彼に尊敬される王でありたいとも思う。子を成すことだけが王の務めではない。心身ともに健やかに生き、国に尽くすことがもっとも重要な務めだ。そう思わないか」

シメオンは全身を震わせ、小さな目にうっすらと涙の膜《まく》を張った。

「左目で見えるものには、いつまでたっても慣れないのだ。人の負の感情というものは、それだけ私の心に負担を強《し》いる。それを癒してくれるのがエーリスだ。さらに彼は明日への活力も与えてくれる。彼を腕に抱くと穏やかな気持ちになれるのだ。やっと手に入れた幸せを、おまえに否定されたくない。だれに認められなくとも、シメオンには受け入れてもらいたかった。わかるか。私はおまえも大切な臣下だと思っていたのだぞ」

残念だ、と呟くと、シメオンが崩れるように床に膝をついた。額が床につくほどに頭を下げる。

「申し訳ありませんでした、陛下、本当に、申し訳ありませんでした……」

涙混じりの声でシメオンが繰り返す。

「かの者を、それほどまで求めるにはなにか深い事情があるのではと考えるべきでした。陛下の目の事情を打ち明けていただけなかったのは当然です。わたくしは自分のことしか考えておりませんでした。理想の王家に仕える自分の姿が見たかっただけなのかもしれません。わたくしは侍従失格です。どうか、どうか厳罰を――」

ぽつぽつと床に涙がこぼれ落ちる。威厳に満ちた侍従長はもうどこにもいない。老いた男が、後悔に苛《さいな》まれて懺悔《ざんげ》する姿があるだけだった。

「厳罰を与えることはできない」

「なぜですか。わたくしは死を賜《たまわ》りたく……」

「おまえは我が王家にとって特大の醜聞を置き土産《みやげ》にして、さっさと一人だけ死に逃げるつもりか」

シメオンは絶望の表情でサディアスを見上げた。

「そ、そんなつもりは」

「つもりはなくともそうなる。侍従長を死罪になどしたら、その罪状を公表せざるを得ないではないか。おまえは今日このときをもって罷免《ひめん》とし、王都追放とする」

「陛下、それではあまりにも軽く――」

「いや、軽くはない。後悔の念を抱きながら、寿命を全うしなければならないのだぞ。死よりも辛いかもしれない」

冷静なサディアスの言葉に、シメオンは納得したような顔になった。

ブロウに促されて立ち上がると、元侍従長はよろよろとした足取りで執務室を出て行く。それを見送り、ブロウと二人きりになってから、サディアスは命じた。

「シメオンに監視をつけろ。衝動的に自害しないように」

「かしこまりました」

「それと、王都の外にツテはないか？　なにか仕事を探してやってくれ。いままでの貯《たくわ》えで暮らしには困らないだろうが、ああした人間には仕事があった方がいい」

「そう言われると思い、すでにいくつか挙げてあります」

ブロウがサッと一枚の紙を差し出してくる。王都近郊の都市名と下位貴族の名、豪商の名が書かれており、その下に家庭教師等の仕事内容がずらずらと連《つら》なっていた。

「さすがだな」

ブロウはフッと笑い、当然といった態度で自分の机に戻っていった。

◇

「陛下、陛下」

エーリスが声をかけると、ぼうっと窓の外を眺めていたサディアスが振り向いた。

「そろそろ朝議の時間です。ブロウさんが迎えに来ました」

「そうか」

サディアスは窓際から離れ、エーリスをゆるく抱きしめてきた。朝、執務に出かけるときにくちづけをするのが習慣になっている。チュ、と唇にくちづけてから、「行ってくる」と近衛騎士に囲まれながら王の部屋を出て行った。

扉のところで待っていたブロウが「おはようございます」と挨拶しているのが聞こえる。

去り際、ブロウがちらりとエーリスに目配せしてきた。ちいさく頷いて、サディアスの後ろ姿を見送る。

エーリスも仕事に行く支度をして、通用口から馬車で天文府まで行く。近衛騎士が守ってくれるのも変わらない。しかし、天文府にリナスの姿はもうない。国土府へ異動した。エーリスとハンドベリの嘆願《たんがん》により、罪人として投獄《とうごく》されることは免れたのだ。

それに加えて、リナスの異動願いが却下《きゃっか》され続けていた原因が、人事の担当者にあったと判明したのが大きかった。担当者は一部の貴族と癒着《ゆちゃく》しており、自分たちの都合のいい人事しかしていなかった。リナスとおなじように希望が通らなかった文官がほかにも複数おり、国にも責任の一端があるとサディアスが判じた結果だった。

「おはようございます」

「やあ、おはよう」

エーリスが到着したすぐあとに、ハンドベリが出勤してきた。天文府はしばらく二人だけでやっていくことになっている。予算が回されればやがて人員は増やされるが、リナスが懸念《けねん》していたとおり、いつになるかわからない。けれどエーリスはハンドベリとの時間が苦にならないので、それでかまわなかった。

「あの、長官。相談があるんですけど」

「なんだい？」

「じつは、陛下が最近お元気がなくて。あの、でもご病気とかではないんです。ただちょっと、気鬱になる原因となりうる事件というか、いろいろとありまして——。内密でお願いします」

「わかっているよ。それで？」

「陛下の気晴らしになるようなことをしたいと思って、ブロウさんに相談しました」

シメオンの件は、サディアスに気鬱をもたらした。長い付き合いのシメオンを自分の判断で泳がせた結果、エーリスを危険に晒したのだ。

もっと早い時期に効果的な対策を練っていれば、シメオンは王都を追放されず静かな引退を迎えられていただろうし、手先となって動いた侍従たちも解雇されなかったにちがいない。自分の判断が甘かった、と自己嫌悪に陥ったのだ。

あれから十数日がたっている。エーリスはずっとサディアスに寄り添い、慰めてきた。国王としての執務は淡々とこなしているとブロウから聞いているが、覇気《はき》がないのは心配だった。

それで、すこしでも気分転換になればと、ひとつの提案をしたのだ。

「魔法の花火を上げようと考えました」

「ほう、それは素晴らしい」

ハンドベリが乗ってきた。サディアスの在位二周年記念式典の前夜祭でエーリスが上げた花火を、ハンドベリはもう一度見てみたいと思っていたようだ。

「ブロウさんからは了承を得ています。ただ警備の都合があるので、日程をはっきりさせなければなりません。それで長官にお願いしたいのは――」

「天候か」

「そうです。十日から十五日後あたりで、花火がきれいに見える夜を調べてくれませんか。天気はいいけれど月が出ていない夜がいいんです」

「わかった。やってみよう」

「ありがとうございます！」

こうしてエーリスはハンドベリの協力を得ることができた。

ハンドベリは天文府の庭に設置した気圧計の記録を分析し、星を読み、天候を予想する。その横で、エーリスはこつこつと魔法を編んで花火を作った。一日に一個。十日で十個。エーリスはただサディアスのためだけに、ひとつひとつ丁寧に編んでいった。

花火計画は、サディアスに隠されたまま準備が進められた。

なにか隠しごとをされていると気づいたサディアスが、「なにを企んでいるのだ？」と尋ねてきたことがあったが、エーリスは「内緒です」と笑った。ブロウも協力してくれて、なにも言わない。

けれどエーリスがうきうきと機嫌よく笑っているからか、サディアスはそれ以上の詮索《せんさく》をしなかったし、魔眼で内心を見ようとはしなかった。信用されているからだ。エーリスはそんなところにも幸せを感じた。

ハンドベリが天候を予測した結果、花火はエーリスが提案した日から十四日後に上げることになった。花火は一個失敗して、合計十三個完成した。

その日、いつものように執務を終わらせて王の部屋に戻ってきたサディアスを、エーリスは中庭へと誘い出す。冬の日はとうに暮れていて、空は暗い。薄くひろがった雲が星と月を隠していた。庭のほぼ中央に椅子が一脚、置かれている。

「陛下、ここに座ってください」

「なにがはじまるのかな?」

微笑みながらサディアスが従ってくれる。エーリスはそそくさと中庭を横切り、すこし離れた場所に移動した。等間隔にならべた花火玉の前に立ち、深呼吸して心を落ち着かせる。そしてゆっくりと呪文を唱《とな》えはじめた。

しずかな中庭に、エーリスの詠唱《えいしょう》だけが流れる。冬の空気は冷えて、よく澄んでいた。きっと魔法の花火はきれいに開く。きっとサディアスの心を慰めてくれる。エーリスの希望とともに、ひとつ目の花火が勢いよくシュッと夜空に上がった。

パーン、と軽い破裂音が響くと同時に、大輪の花のような火花が夜空に広がる。

遠巻きに見ているハンドベリや衛兵たちの「おお!」という声が聞こえた。

続けて、二発目、三発目、と魔法の花火が上がった。すべての花火が上がるように呪文を唱え終わると、エーリスはサディアスの元へ戻った。

サディアスは、優しい表情で花火を見上げている。かたわらに立ったエーリスの手を、サディアスが握ってきた。

「これだったのか、君が隠していたのは」

四発目、五発目、と順調に花火は開いた。エーリスもいっしょに見上げて、自分の仕事に満足した。ひさしぶりに魔法を使ってみたが、なかなか上手《じょうず》にできていると思う。こっそりと自画自賛した。

無事にすべての花火が開き、夜空に静寂と闇が戻ったとき、周囲からパチパチと拍手が起こった。エーリスは照れながら小さく「ありがとうございます」と会釈する。

「陛下、どうでした?」

「きれいだった。君の花火は、君の心のままに美しく、明るく楽しくて、私を癒す力がある。私のために企画してくれたのだろう?　とても、とても嬉しく思う。ありがとう」

「陛下……」

椅子から立ち上がったサディアスに抱き寄せられ、くちづけされる。

「君は私の誇りだ。唯一無二の宝物だ。いつも私を想ってくれて、感謝している」

「僕の方こそ、いつも陛下には感謝しています。毎日、とても幸せです」

「エーリス、君は――」

ああ、と声を上げてサディアスが痛いくらいにきつく抱きしめてきた。髪に頬ずりされて、逞しい腕にぎゅうぎゅうと締めつけられて、ちょっと苦しい。

「愛しているよ。君だけを」

「僕も、陛下を愛しています。陛下だけです」

愛の言葉を囁きあい、いつまでも抱擁《ほうよう》しあっていたら、ブロウがやってきた。

「お二人とも、そのくらいにしてください。風邪を引きます。夕食の用意が整っていますよ」

「無粋《ぶすい》なヤツだな」

サディアスが睨んだが、ブロウは澄ました顔で椅子を片付ける。しかし寒いのは事実なので、エーリスとサディアスは手を繋ぎながら室内に戻った。ブロウが去り際に「素晴らしい花火でした」と褒《ほ》めてくれて、エーリスは嬉しかった。

いつものようにサディアスと二人で向かい合って夕食をとり、順番に湯浴みをして、王の寝台で抱き合った。

あれほど毎晩触れ合っていたのに、じつはシメオンが追放になってから閨事が途切れていた。サディアス本人にその自覚があったかどうか、エーリスにはわからない。けれど黙って寄り添い、見守っていたエーリスは、約一ヵ月ぶりに求められて安堵した。魔法の花火がサディアスの心をどこまで癒したのかは不明だが、以前のような元気を取り戻すきっかけになったのは確かのようだ。

「ああっ、んっ」

ずいぶんと間が空いたせいでエーリスの体は固くなっていた。指一本でせいいっぱいの窄まりに、エーリスは「ごめんなさい」と謝る。

「本当はいつでも陛下を受け入れられるように、自分で手入れするべきなんですよね？」

「君はそんなことをしなくていい。ここを解《ほぐ》すのは私の役目だ。ほら、楽にして、横たわっていなさい」

エーリスはサディアスにすべてを任せた。時間をかけて丁寧に解され、香油をたっぷり使うことによってしだいに柔らかくなり、そこは嬲られる感覚を取り戻していく。エーリスの性器はとうに勃ちあがり、先端からタラタラと露《つゆ》を垂らしていた。

「あ、あ、あっ、んっ」

指でかき回され、じんじんと粘膜が疼く。喘ぎ声が止まらなくなってきた。指ではなく、もっと太くて長くて熱いものを入れてほしくてたまらない。

「気持ちよくなってきたか？」

はい、と正直に頷くと、サディアスが指を抜き、正面から体を繋げてきた。ゆっくりと、しかし容赦なく粘膜をひろげて入ってくる。痛みがあった。けれどそれは甘く、官能に満ちている。エーリスはこのあとその感覚がどう変化するのか知っていた。

「ああ、エーリス……もう感じているね？　君の中がうねっている……」

ぐぐっと奥まで挿入され、エーリスは声もなく背筋をのけ反らせた。すぐに抜き差しがはじまり、あっという間に官能の渦《うず》に巻きこまれていく。逞しいサディアスの首にしがみつき、激しく奥を突かれながら、自分も腰を揺らした。そうするとより深い快感が得られると、体が覚えてしまった。

「陛下、サディアスさまっ、ああ、ああん」

「いいか？　ここがいいのだろう？」

「あーっ、いい、いいっ、んんーっ、んっ」

「上手に腰が振れている。エーリス、いけない子だ。いったいだれに教わった？」

「サ、サディアス、さま、です。ぜんぶ、ぼく、教えて……あっ、ん、いただき、ました」

「そうだな。私が一から教えた。君は優秀な生徒だった」

「うれしい……」

サディアスに褒めてもらえると、喜びが胸に満ちる。お腹の中のどこかがきゅっとなって、サディアスが「くっ」と呻いた。

「優秀すぎるな。搾《しぼ》りとられそうだ」

「サディアスさま？」

「なんでもない。さあ、私をもっと奥まで入れておくれ」

片足を持ち上げられ、体重をかけられた。もうじゅうぶん奥まで入っているのに、サディアスはまだ行けるはずだと言う。サディアスの剛直の先端が、ごりごりと奥の方を探るように抉ってきた。異様な感覚に怖くなる。

「無理です、そんな、奥は――あ、あ……」

「入るぞ」

「あーっ！」

ぐぷんと、未知の場所に先端がめり込んだのがわかった。はじめての快感に、一瞬気が遠くなる。だがゆるゆるとそこを刺激され、気絶することは許されない。

「エーリス、奥に入れられた衝撃で達してしまったのか？　可愛いな」

体液にまみれている萎えた性器を握られ、エーリスは自分が射精したことを知った。

「エーリス、エーリス、可愛い、愛しているよ、愛している」

「ああん、あっ、あーっ、こわい、いやぁ、こわいっ」

「感じすぎて怖いのか？　なんて可愛いんだ、ああ……」

性器を擦られながら、最奥《さいおう》を激しく突かれる。勝手に涙がぽろぽろとこぼれた。助けて、とサディアスの名前を呼ぶ。抱きしめられ、顔中にくちづけを受けた。

「たすけて、たすけてぇ」

「ああ、可愛い」

どんどんサディアスの動きが激しくなり、揺さぶられすぎてもう上も下も右も左もわからなくなる。

「エーリス！」

サディアスの背中が緊張したあと、エーリスの体内で爆発が起きた。断続的にほとばしる体

液が敏感な粘膜に叩きつけられる。エーリスは「ひ……」とかすかに悲鳴を上げて、また絶頂に達した。頭が真っ白になって、意識が遠ざかる。

気がついたときには浴室にいた。温い湯の中、サディアスに抱きかかえられた状態で体を洗われている。

「……陛下……?」

「起きたか。すこし無理をさせてしまったな。すまない。花火が嬉しかったのと、ひさしぶりだったせいで、つい調子に乗った」

真剣に反省しているらしい声音に、エーリスは笑みがこぼれる。ぜんぜん怒ってなどいないのに、サディアスは「悪かった」とくりかえす。

「調子に乗ったんですか?」

「乗った」

「それくらい元気になってよかったです」

エーリスは腕を伸ばしてサディアスの肩を抱き寄せ、チュとくちづけた。サディアスがじわりと笑みを浮かべ、くちづけを返してくれる。何度もくちづけを重ねていたら、自然と舌を絡める深いものになっていった。

湯の中でサディアスのものが勃ちあがる。つられたように、エーリスも体を熱くした。

二人の官能の夜は、まだ続きがあるようだった。

あとがき

AFTERWORD

―名倉和希―

こんにちは、またははじめまして、名倉和希《なくらわき》です。このたびは拙作《せっさく》「魔女の弟子と魔眼《まがん》の王の初恋」を手に取ってくださって、ありがとうございます。

今作の舞台は魔法ありのファンタジー世界ですが、いつもの年の差溺愛《できあい》要素も入っていますので、安定の名倉モノとなっております。いかがでしたでしょうか。

魔眼を持って生まれたせいで捻《ひね》くれた大人になった王子が、たまたま出会った清らかな心の少年にメロメロになってしまうという物語。はい、私の大好物の設定です。とっても楽しく書きました。

サディアスの執着と独占欲と、肉欲をともなった愛情が入り混じった泥沼《どろぬま》昼メロみたいな感情を、エーリスはその素晴らしい鈍感力《どんかんりょく》でもって華麗にスルー。それだけでなく、無意識のうちにそれを純粋《じゅんすい》な愛に浄化させてしまうというパワーを発揮《はっき》します。そしてその控《ひか》えめで真面《まじ》目《め》な性格が、周囲にいる人々をどんどん魅了して、いつしか味方を増やしていきます。それこそが、ジラが最後の弟子に内緒で授《さず》けた魔法なのかもしれません。

エーリスはたぶんこのまま働く愛妾《あいしょう》として過ごしていくと思います。天文府《てんもんふ》はブラックではないので、サディアスと仲良くする時間の余裕はあるでしょう。おかげでサディアスは精神的に安定し、執務に励《はげ》むことができると思います。

問題は後継ぎですね。甥《おい》と姪《めい》を順番に王城へ呼び、サディアスはその素質を見極めようとするでしょう。でもその際、エーリスに少しでも反抗的だったり差別的だったりすると、サディアスは見向きもしなくなるかもしれません。どれほど頭脳明晰《めいせき》だろうと、サディアスにとって次代の王がエーリスを大切にしないなんて、ありえませんから。

十三歳も年が離れているので、自分がエーリスを遺《のこ》して先に死ぬことくらい当然サディアスは考えます。エーリスを丁重《ていちょう》に扱《あつか》わないのならば、次代の王の資格などないと断言してしまいそう。静かな怒りをぶつけられた甥っ子が半泣きになっているところにエーリスが割って入り、「陛下、落ち着いてください」とサディアスを宥《なだ》めて、ご機嫌を取るのでしょうね。ほとんど猛獣《もうじゅう》の調教師のようなエーリスの姿に、甥っ子が呆然《ぼうぜん》――とか。

まあでも、甥と姪が合計十人もいるならば、きっと適性がある子がいると思います。いてくれないと困りますよ。


今回のイラストは雑誌掲載時に引き続き、サマミヤアカザ先生にお願いしました。健気《けなげ》なエーリスとカッコいいサディアスを描いてくださいました。

私はいつもキャラクターの容姿や服装についてあまり細かく描写しないので、イラストを描くとき大変だと思います。それなのに想像したとおりのイラストが出来上がってくるのは、なにごと？　凄《すご》いなと思います。感謝しかありません。どうもありがとうございました。

この本が世に出るころは、もう秋ですね。今年の夏も暑かった……。ずいぶんとエアコンのお世話になりました。来年もまた猛暑の夏でしょうか。これが普通になっていくとしたら、ちょっと辛《つら》いですね。

せっかく信州に引っ越したのに、十年ほど前から、夏が涼しくなくなってしまいました。もっと標高の高いところに移り住まなければならないのかも。いやいや、これから年を取っていくのに、いま以上に生活が不便な場所に行ったら大変なことになりそうなので、ここで生きていきます。現在、標高六百メートルくらいのところに住んでいます。

さて、そろそろ紙面が尽きてまいりました。ここまで読んでくださって、どうもありがとうございます。今後も名倉はラブコメを追究していこうと思っていますので、どうぞよろしくお願いします。

それでは、またどこかでお会いしましょう。

名倉和希

この本を読んでのご意見、ご感想などをお寄せください。
名倉和希先生・サマミヤアカザ先生へのはげましのおたよりもお待ちしております。

〒113-0024　東京都文京区西片2-19-18　新書館
[編集部へのご意見・ご感想] ディアプラス編集部「魔女の弟子と魔眼の王の初恋」係
[先生方へのおたより] ディアプラス編集部気付　○○先生

- 初出 -
魔女の弟子と魔眼の王の初恋：
小説DEAR+21年アキ号(vol.83)掲載「魔女の弟子と初恋の王」を改題
王は癒しの寵妃を溺愛する：書き下ろし

[まじょのでしとまがんのおうのはつこい]
魔女の弟子と魔眼の王の初恋

著者：名倉和希　なくら・わき

初版発行：2022年10月25日

発行所：株式会社 新書館
[編集] 〒113-0024
東京都文京区西片2-19-18　電話（03）3811-2631
[営業] 〒174-0043
東京都板橋区坂下1-22-14　電話（03）5970-3840
[URL] https://www.shinshokan.co.jp/

印刷・製本：株式会社 光邦

ISBN978-4-403-52562-9

「竜は無垢な歌声に恋をする」

白銀色の竜のシリルは、アゼルたちによって王都で育てられた。やがて成長した後、ひそかに訪れた森で聴いたレヴィの美しい歌声に惹かれ……？　竜人シリーズ次世代篇♡

「王子は黒竜に愛を捧げる」

父王の命で竜を探していたコーツ王国の第九王子エリアスの前に、大きな黒竜が現れたことから……？　ランドールとアゼルも登場、「竜は将軍に愛でられる」スピンオフ♡

「竜に愛を誓う
竜は無垢な歌声に恋をする・番外篇」

たくさんの愛に包まれ、幸せな生活を送っているレヴィ。一方シリルと血の絆を結べなかった、リンフォード王子のその後は……？